みちびきの変奏曲

内山　純

集英社文庫

CONTENTS

本書は、集英社文庫のために書き下ろされた作品です。

本文デザイン／坂野公一（welle design）

みちびきの変奏曲

前奏

「主文、被告人を無期懲役に処する」

傍聴席の棚橋泰生《たなはしたいせい》は両手を握りしめた。

重苦しい空気の中で判決文が長々と読み上げられる間、棚橋は被告人の後頭部が緩慢に揺れ続けるのを見つめた。あの青年は残りの人生を刑務所で過ごす。それでも、二度と戻ってこない女性、清藤真空《きよとうまそら》を思えばまったく軽い刑だ。許しがたい。

棚橋は暗澹《あんたん》とした思いを噛《か》みしめ、通路をはさんだ右隣の中ほどに座る人物にそっと視線をやった。

少女と大人の中間くらいの雰囲気のその女性は、うつむいたまま、鎖骨までかかるまっすぐの黒髪を小刻みに震わせている。その黒髪の隙間からいく粒かの雫《しずく》が、膝の上に揃《そろ》えられた手の甲に煌《きら》めき落ちた。


死者一名重軽傷者四名を出した無差別殺傷事件の、注目の裁判が終わった。建物の外に出たとき、思い切って前を歩く女性に声をかけた。

「すみませんが」彼女はびくりと立ち止まり、頭の向きを少しだけこちらに向ける。

「清藤真空さんのお知り合いですよね。一度だけお会いしたことがあるのですが」

警戒のためか顔を上げず、棚橋の手元あたりをじっと見つめてくる。その視線の先に名刺を差し出した。

棚橋泰生はどこにでもいそうな中年男性だ。地味な紺スーツ。黒い短髪。印象の薄い平凡な顔。あえて言えば唇の左下にホクロがあるが、目立つほどでもない。初対面の相手から警戒されることはまずないのだが、眼前の彼女は怯《おび》えているのか斜めを向いて、絹の黒髪をカーテンのようにして顔の大部分を隠していた。

「私は」棚橋は淡々とした口調を心がけた。「清藤さんが登録していた人材派遣会社のものです」

カーテンの陰の長いまつ毛は下を向いたままだ。話を聞くのは無理か。あきらめかけたとき、かすれた小声が聞こえた。

「もしかして、真空さんの最期のときにいた人ですか?」

覚えていてくれたようだ。棚橋は息を吐いた。

一年半前。

ゴールデンウイークを直前に控えた春の夜、棚橋は、清藤真空と派遣契約の更新手続きをするため、待ち合わせ場所のカフェがある商店街を訪れた。約束の時間ちょうどだった。

いつも明るく活気ある通りはそのとき、阿鼻叫喚《あびきょうかん》の地獄と化していた。叫びながら逃げまどう人。腕を押さえてしゃがみ込む人。倒れてぐったりしている人……

抱きおこした清藤真空は、腕の中で息絶えた。

その直後、髪を振り乱して走ってきたのが目の前のこの女性だった。

「少しだけ、お話しできないでしょうか」強引にならぬよう気を付けながらも、しぶとく名刺を捧《ささ》げ持つ。「清藤さんについて気になっていたことがあり、どなたに尋ねたらよいかわからなくて」

息を詰めて待つと、白いきゃしゃな指が名刺をそっとつまんだ。


東京地方裁判所の近くの公園で、並んでベンチに腰掛けた。

十月中旬。秋は深まりかけていた。肌寒い風が時おり吹くものの日差しはたっぷりあり、多くの人がそぞろ歩いている。

園部《そのべ》りみあ、と彼女は名乗った。専門学校の二年生だという。透けるような肌とつぶらな瞳の持ち主だが、まとう雰囲気は陰鬱だ。おどおどした遠慮がちな所作は清藤真空を髣髴《ほうふつ》させるものがある、と棚橋は思った。

彼女は自分の足元を見つめながら、ポツポツと話し出した。

「真空さんは、叔父《おじ》が経営しているお弁当屋さんでバイトしてくれていて、あたしもときどき一緒に働いていました……無口だけど、やさしい人で」言葉を慎重に選ぶような話し方だ。「しっかり者で、あたしのミスをカバーしてくれたこともたくさんありました」

語尾が震え、悲しみを飲み込むように息を吸った。

棚橋は少し間をおいて、ゆるやかに告げる。

「清藤さんは、とてもきちんとした方でしたね」

りみあはうなずき、薄くて形のよい唇を一度ぎゅっと引き結んだ。

「今日は、用事ができてしまった叔父のかわりに来たので、裁判なんて恐《こわ》かったんですけど……」

棚橋は待った。

「それでも」彼女は少しだけ顔を上げる。「見届けなきゃ、って思いはありました」

「私も」思わず被《かぶ》せるように答えてしまう。「同じ気持ちでした」

橙《だいだい》色の葉がひとひら、二人の前にはらりと落ちた。心地よく冷えた風が頰を撫《な》で、人いきれの法廷からの解放感に今ごろ気づく。

彼女から発せられる空気が少し柔らかくなったと感じ、棚橋は切り出した。

「つかぬことをうかがいますが、こういう手の動きはなんなのかわかりますか？」

棚橋は右手を彼女の視線に入るように突き出した。

掌《てのひら》を広げ、指で空中を叩《たた》くように、一本ずつ動かす。

親指、親指、薬指、薬指、小指、小指、薬指。薬指、薬指、中指、中指、人差し指、人差し指、親指。

「この動きを清藤真空さんが、最期に繰り返した気がするんです」園部りみあはじっと指を見ている。「もう声も出せない状態で、右手を出して何度も、何度も。それが、今でも気になっているんです」

園部りみあの頬に、かすかに赤みがさす。棚橋は必死に続けた。

「清藤さんは私が紹介した派遣先で事務の仕事をしていたので、なにかのタイピングを示したのでは、とも考えたのですが、他にこれといって思いつかず……」

彼女は自分でも右手を出すと、指をぎこちなく動かした。

やがて、軽く歌うように言った。

「ド・ド・ソ・ソ・ラ・ラ・ソ……では？」

棚橋は目を見開いた。

「A・B・C・D・E・F・G……の歌ですか！」

園部りみあはほんの一瞬だけ視線をよこした。

「あたしは、『きらきら星』の歌かな、って」

帰り道、棚橋は口ずさんでみた。

トゥィンクル・トゥィンクル・リトルスター
ハウ・アイ・ワンダー・ホワット・ユー・アー
「あなたはいったい誰なのかしら……か」
東京の薄暗い空を見上げた。星はまだ、瞬《またた》いていない。
棚橋は背筋をぐんと伸ばした。
調べなければならない。清藤真空は最期になにを言いたかったのか。
それが自分の責務だ。

第1変奏

お手をどうぞ

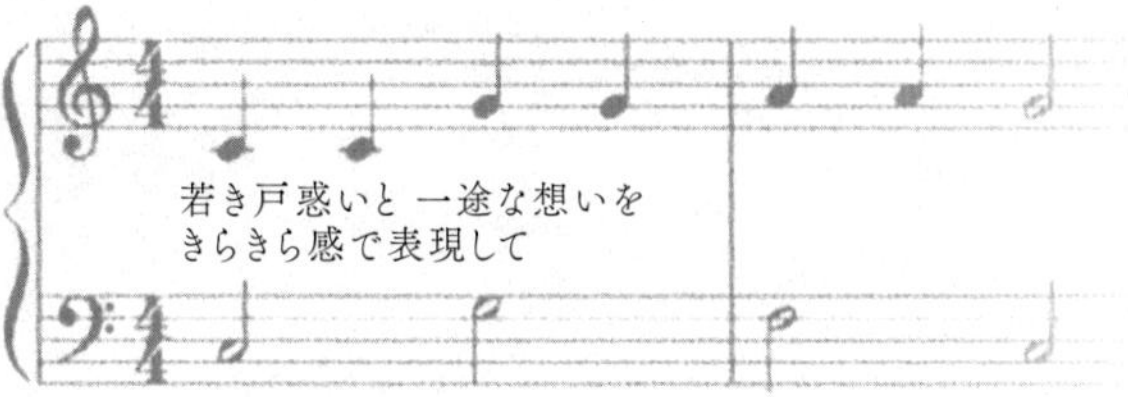
若き戸惑いと 一途な想いを
きらきら感で表現して

園部《そのべ》りみあは自分の能力をだれにも言えないでいる。話しても信じてもらえないか、気味悪がられるかのどちらかだろうから。

十月下旬の夕方。中野《なかの》駅前の商店街は、この時期にしてはうららかな気候にさそわれた人たちでいつにもまして混雑していた。

叔父が経営するお弁当屋〝トウィンクル〟は商店街の一角にあり、なかなか繁盛している。りみあは昨年初めごろから、専門学校生になることが決まったのを機に週四回ほどバイトさせてもらっていた。

こんなあたしが接客なんて、と最初はためらったが、母も、その弟の叔父も似たものどうしの楽天家で、「なんとかなるっしょ」と気楽に言ってくれたので、思い切って勤めることにしたのだ。

夕方の混みあう時間帯。りみあはレジで会計を担当していた。

カウンターに生姜《しょうが》焼き弁当を置いた客の手は大きくてふくよかで、薄桃色から濃いめのピンクへ変化しかけているのが、りみあには見えた。

(いいことがありそうな色だな……あ、そうだ)

手を見つめたまま話しかける。

「いつもありがとうございます、清水《しみず》さん。今日は中山哲次郎《なかやまてつじろう》のタイトル防衛戦がテレビでありますね」

「お、さすがりみあちゃん」

ピンクがあざやかになった手はぎゅっと握られ、まるでグローブみたい。

「ぜったい防衛してくれるさ」

清水さんの手ははずむように揺れ、弁当の入った袋を持ちあげた。

去ろうとする常連さんをちらりと見る。

五十代のぽっちゃり体型。顔は少しこわい雰囲気。でも実は気持ちのやさしいオジサンなのだ。

「またどうぞお越しください」

深々と頭をさげた。

店長である叔父が寄ってきて、ささやく。

「りみあちゃん、いつもお客さんのこと覚えててくれるから助かるよ。ああいう一言、うれしいはずだよ。よく見分けられるね」

「えっと、まあ、全体的な雰囲気で」

叔父の手元を見つめながら答える。

その後も客がたてこみ、二時間後には弁当や総菜がほぼ売り切れた。

「じゃあ俺、ちょっと厨房《ちゅうぼう》いってるから、店番とあとかたづけよろしくね」

いそいそと奥に入っていく叔父に「おつかれさまです」と声をかけた。がらんとした店内を見つめ、ほっとため息がもれる。

(言えないよね。人の手に色が見えるから特徴がわかる、なんて)

りみあは、物心ついたときから人見知りで相手を見て話をするのが苦手だった。きびしい祖母から「ちゃんと顔を見て話しなさい」と何度もしかられるうち、幼稚園のころには初対面の相手を妙に意識してしまい、きつくにらんでしまうようになった。

あるとき、チエミという勝気な女の子が言い放った。

——りみあちゃんの目つき、気持ちわる〜いっ。じろじろ見ないでよ

以来、相手の目を見ることがまったくできなくなった。

むりやり見ようとすると頭痛やめまいがして立っていられなくなる。何度か気を失ったこともある。

幼稚園の担任の先生は、自分の足ばかり見つめている少女を持てあまして〝いない子〟のようにあつかった。先生の言動は子どもたちにも感染し、揃ってりみあを無視した。

周囲のあからさまな態度によって孤立したりみあは、だれの顔も覚えることなく卒園した。大らかで前向きな両親は、「そんな〝癖〟は大人になったらなくなるから」と軽

く受け止めてくれていたが、自分ではどうにもできない〝癖〟は、内気な少女にとっては生きるのがつらいと思うほどの負担だった……

りみあは二個残った弁当に値引きシールを貼って入口脇のテーブルに置き、ガラス戸越しに行きかう人々をながめた。

向かいにある洋品店のおばあさんが店頭で近所のおばさんとおしゃべりに興じている。店主である息子さんが、うちの叔父にこぼしていたっけ。

――母が店番すると昔ながらのザル管理だから、在庫把握がいいかげんで経理処理が合わなくて困るよ
息子がいない解放感なのか、おばあさんの顔はつらつとして楽しそうだ。

（こうして遠くからなら、人の顔が見られるのにな）

母と叔父のすすめで接客のアルバイトを始めて一年半あまり。今も正面切って相手の顔を見ることはほとんどできないが、さきほどのように、常連客と親しく会話できるくらいにはなっていた。

そうなるまでりみあなりの必死の努力があり、そのきっかけの大もとは、ある人物だった。

拭き掃除をしながら、つぶやく。

「今日は勇樹《ゆうき》さん、来ないのかなあ」

酒井《さかい》勇樹。一歳年上の同じ専門学校生。勝手に恩人だと思っている人。

初めて会ったのは小学校一年の五月。運動会の全体練習で、二年生が一年生の誘導係をしていたときに、りみあのクラスを担当したのが勇樹だった。

体育係の少年は足がすらりと長く、きびきびと動いているように感じられた。例によって顔をあげられずにいると、横に並んでいたチエミが別の子にささやいた。あの子、人の顔を見られない病気なんだよ。変だよね〜。

病気。あたしは変な子。頭痛がして意識が遠のきそうになったとき、目の前の少年が言った。

――顔が見られないんなら、相手の手だけでも見れば？　手って性格が出るんだってさ！

とびきり明るい声にはげまされ、りみあはささやくように聞いた。

――手を……見る？

――なあんてね。今、思いついたんだけど、どうかな

少しだけ顔をあげ、少年の手を見つめてみた。

スマートで日に焼けていて、右手の薬指の根元にホクロがあり、全体的にやさしげに見えた。差し出された手を握り、りみあは徒競走のスタート位置までみちびかれた。その際の手のぬくもりはずっと心に残った。

彼がほかの子を誘導するために離れたとき、思いきって視線をあげた。ふわふわしたくせっ毛の下で、端整な横顔が微笑《ほほえ》んでいた。

〝手を見る〟という行為は、少女に小さな希望を与えた。

人と会うときはいつも相手の手を見つめた。すると、以前よりは恐くなくなった。勇樹の言うとおり、手にはさまざまな表情があって、楽しそうだとか怒っているようだとか、なんとなくわかるようになり、挨拶や簡単な会話ができるようになっていった。

そんなふうに相手の手の動きをひたすら見つめ続けるうち、手にうっすら色が見えるようになった。

いばり屋のチエミちゃんの手はいつも濃い紫。ちょっとらんぼう者のヨシヤくんはくっきりした青。おっとりしたサユリちゃんは淡いピンク。

母に話してみたが、「あらそうなの？　それはステキね」と言うだけで、本気にしていないようだった。ほかの人は色が見えないのかな。手を見ることが楽しくなっていたりみあは、深く考えずに手の観察を続けた。

やがて、色がその子の気持ちを表しているようだと気づいた。

ヨシヤくんの青い色がいつもよりくすんでいる。ペットの犬が病気なんだって。

サユリちゃんのピンクがはなやかに見える。お誕生日なのね。

あるとき、チエミの手が紫ではなくひどく悲しげな水色に見えた。勝気な様子はいつもと変わらなかったが、りみあはとても気になり、さんざん迷ったあげく、そっと声をかけた。

――チエミちゃん、きょうは、元気ないね
すると彼女は急に顔を歪《ゆが》ませた。

――実はね、あした引っ越すの。もう学校に来ないの
りみあの手をぎゅっと握って、何度も、わたしのこと忘れないでね、と言った。

あとで知ったが、父親の仕事がうまくいかず夜逃げ同然に引っ越さねばならなかったという。

りみあは、一緒に徒競走をした思い出をずっと覚えていよう、と心に決めた。

その後、手の色はますます細かく見わけられるようになり、その人に強い感情の変化があると色も変わる、ということがわかってきた。

小学校四年のとき母と行ったスーパーマーケットで、前を歩く中年女性の手がどす黒く汚れているのに気づいた。本当に泥でもついているのかとじっと見ていると、その手が棚のチョコレートをつかみ、茶色いコートのポケットにさっと消えた。りみあは息を飲んだ。

――お母さん、あのね
震えながら、後ろでおせんべいコーナーをのぞいていた母に声をかける。

女性はどんどん進み、角を曲がって見えなくなった。思わず追いかけると、茶色いコートはレジには向かわず出口へ。

どうしよう。どうしたら……

ガラスの自動ドアを出たところで、女性は警備員に呼び止められていた。そうか、監視カメラとかで見ていたんだ。りみあはその場にへたり込んだ。

——どしたの。なにかあった？

追いかけてきた母が心配そうに肩に手をおいた。なんでもないと必死に首をふったが、呼吸ははげしく乱れ、気が遠くなった。

一時期は手を見ることに恐怖を覚えたが、あのような恐ろしい手とはそれきり遭遇せず、また日常を取り戻した。

けれど、あの邪悪な色は忘れられなかった。たまに、それに近い色を見ることがある。親しい人ではなく通りすがりの人物に。そのたびに息が苦しくなった。

あの人はなにか悪いことを考えているんじゃないか。それとも、もう罪を犯しているのか。だれかに伝えないといけないいんだろうか……

母には何度か手の色について話してみたが、少し困ったように「そういうこともあるかもしれないわね」とやさしく言ってくれるのみだった。

自分の娘に特殊な能力があるとは信じたくないのかな。ひょっとして、あたしの精神がおかしいと思っている？

病院に連れていかれるかもしれないと恐くなり、相談をやめた。

手の色は年を経るにつれ鮮明になったが、だれにも話さないまま成長した。

そして、去年のあの日がきた。

踊る、どす黒い手……

「まだ弁当ある？」

さわやかな声に、はっと前を見る。拭こうとしていたガラス戸が開いており、スマートな手が眼前にあった。

右手の、薬指の根元にホクロ。

「こんばんは、いらっしゃいませ」

恩人を前に、りみあの顔が朱に染まる。

「唐揚げ弁当と、ミックス弁当が残ってます」

「じゃ、こっち」

日に焼けた手が唐揚げ弁当を持ちあげる。

りみあは慌ててカウンターに入り、レジ袋に入れた。

「き、今日は、遅かったんですね」

「共同制作の打ち合わせが白熱しちゃってさ」

彼の指はせわしなく財布からコインをつまみ出す。

「売り切れだったらどうしようと思ったけど、よかった」

りみあに手を見ることをアドバイスした少年は、スポーツ万能で小学校の人気者だった。運動会で話して以来、りみあは彼の姿を遠くから見つめ続けた。話す機会がないまま中学は別々になり、それきりになった。

が、中野の服飾専門学校で、りみあは偶然、彼と再会したのだ。

彩花《あやか》という同じクラスの派手な女の子が、二ヶ月ほど前にりみあに話しかけてきた。

——あなたって桃園《ももぞの》小学校だったんでしょ。前にそんな話したよね
そうだと答えると、情報通の彼女は得意げに言った。

——三年の酒井勇樹もそうなの。ちょっと、一緒に来てくれない?

勇樹が同じ学校にいることをそのとき知った。彩花が自分をダシに使うつもりだろうとわかったが、誘いに乗った。

久しぶりに会った彼の手はあいかわらずスマートで日に焼けていて、幸せそうな色をしていた。思いきって一瞬だけ顔《かんばせ》を拝んだ。変わらないくせっ毛、切れ長の目、すっきり整った鼻、自然に口角のあがった形よい唇。記憶と同じく端麗で、記憶よりずっと凛々《りり》しくなっていた。

　彼は明るく言った。

――いっこ下だったら、ヨシヤと同学年だろ。そういや、バスケ見に来てたよね
同級生の男子がバスケの得意な勇樹と練習していたのを、他の女の子たちにまぎれて体育館の隅で見ていた。それを覚えていてくれたとは感激だった。

――今でもたまに桃園小に行くんだよ。小学生にバスケ教えにさ
――え～、教えてるなんてカッコいい！　今度、見に行ってもいいですか～？

　そう言ったのは彩花だ。

　人づきあいの苦手なりみあは知らなかったが、勇樹は専門学校でも人気者だった。ファッション雑誌の街角モデルになったこともあるが、気取らない性格なので女子はもちろん男子からも慕われていた。

　恩人が同じ学校にいる。遠くからだけど実際の姿を見つめることができる。りみあの学生生活が一気に明るくなり、毎日に張りが出た。

　でも、なんだか苦しいのは、なぜ。

　やがて、勇樹と彩花が一緒にいるところを見かけるようになった。彩花は美人だし明るいし、ちょっと強引なところはあるがなかなかの人気者だ。美男美女カップル。

　別に、失恋ってこともない。そもそも、まともに人と話せないんだから恋する資格なんてないし。

りみあは、お釣りの十円をそっとトレイに置き、努めて明るい声を出した。

「いつもありがとうございます」

彩花がりみあのバイト先に勇樹を連れてきてくれたことには感謝していた。彼はここの弁当を気に入り、一人でもたびたび買いにくるようになったのだ。

遠くから見るだけでなく話す機会があるなんて、心が震えるほどうれしい。でも、同じくらいつらさも感じる。近くにいるけど、やっぱり遠い存在。

「今日もほぼ売り切れか。園部、がんばっていてえらいなあ」

彼の手は、たとえて言うならシャボンのようにほんのり色とりどりではなやかで、きらきらと希望に満ちた輝きをはなっていた。

「あの、き、今日は」

自分の顔が熱をおびるのを気にしながら言った。

「彩花は、一緒じゃないんですか」

「待ち合わせにだいぶ遅れるって言ったらムクれちゃって。このごろ、なんか……」

弁当の袋を持ちあげようとした彼の手が、ふいにとまった。

その手が、みるみるどす黒く染まる。

（……これは！）

りみあは恐怖で身体《からだ》が固まった。

邪悪の色。狂気の色。悪魔の色。まるで、あの惨劇のときに見た……

必死に気持ちを奮い立たせ、声をかける。

「あの、だ、大丈夫、ですか……」

「なにが」

静かな声とは裏腹に、彼の手は悲鳴をあげそうなほど固く握られた。

「まったく大丈夫だけど」

「でも、その……」

いけないことが起きている。どうにかしなければ。

ドロドロと黒い濃淡が渦巻く手を見つめながら、必死にくらいつく。

「あ、あの、なにか……あったの、では……」

「園部は人の顔を見られないんだよな」

突き放すような一言に打ちのめされた。

彼があっという間に去り、りみあはよろめいてカウンターに手をつく。自分の手は絶望的な灰色をしていた。

勇樹さんのあの手は、犯罪者の色だ。

邪悪な思いが湧いたのか、それとも犯罪を思い出したのかわからない。とにかく、なにか悪いことに関わっているに違いない。

でも、あたしは勇樹さんの顔の表情を見られないから、彼の真意を汲《く》み取れなかった。だから、彼は……

「すみません、もう閉店ですか？」

はっとして店頭に立った人物を確認する。細身の中年男性。叔父よりは少し若い雰囲気。四十歳前後か。常連客ではないが、確かに会ったことがある。

入口あたりを指し、かすれた声で答えた。

「そこの、お弁当が、最後でして」

彼はミックス弁当を持ってカウンターに来た。

「よかったです、一個残っていて」

りみあは震える手で会計をし、そして思い出した。

「棚橋《たなはし》さん……でしたね」

「はい」

彼の声が、意外そうに明るく弾んだ。

「覚えていてくださいましたか」

二週間前、裁判を傍聴した帰りに話しかけてきた男性だ。

彼の手は印象深かった。形よく、つるんとしていて、なんと表現してよいかわからないのだが、これまで見たことのない色合いだった。

あえて言えば、〝無色透明〟。

少し話がしたいと言われ、叔父に断ってから近くのファストフード店へ入る。

「先日はいきなり声をかけたのに、お話ししていただきありがとうございました」

コーヒーを飲みながら、彼はおだやかに話す。

「とても助かりました」

「いえ、ぜんぜん、お役に立てなくて」

棚橋の手がカップを揺らすのを見つめながら、りみあは改めて元バイト仲間について思いをはせた。

清藤真空《きよとうまそら》は、平日昼はOLで、夕方や土日だけ叔父の弁当屋にバイトに来ていた。

黒髪をきっちり後ろで結び、地味な服を着て、いつも物静かだった。仕事はていねいで、五歳以上年下のりみあにも敬語で接してくれた。

真空の手はいつも薄い黄色で少し悲しげだったが、ふんわりと包み込むように動いていた。静かに情熱的、という印象だ。

一緒に働いたのは三ヶ月あまりだけだったが、二人きりで店を切り盛りすることも多く、人見知りのりみあにしては珍しく、同志みたいな親近感をもつことができた。

昨年の四月下旬。

りみあはそのとき弁当屋にいたのだが、外のざわつきに気づき通りに出てみると、人々が逃げまどう向こうでガイコツみたいに細い男が、なにかのステップを踏むようにくるくる回っているのが見えた。天に突き出した両手からは、おどろおどろしく湧き出る黒煙。

ユラユラと踊る、どす黒い手。

恐怖で足がすくんだが、その手前で、見覚えのある黄色い手が揺れていた。あれは……

夢中で駆けつけたとき、見知らぬ男性の腕の中に横たわった真空はその手を宙で頼りなく揺らしていたが、すぐにがくりと下に落とした。

なにが起きたか理解できないまま、りみあは、もう二度と開かない彼女の瞼《まぶた》を見つめて泣き叫んだ。

人の手がどんな色も発しなくなった瞬間だった。

あのとき真空を抱きとめていた人物が、控えめに口を開いた。

「園部さんも事件のことは思い出したくないでしょう。すみません」

深く頭を下げてくるので、あわててお辞儀を返す。

「ですが、あの指の動きがどうにも気になりましてね。確かに『ドドソソララソ』だったとは思うのですが、あれがなにを示していたのかわかりません」

この人は、どうしてこんなに真空さんの最期にこだわっているんだろう。恋人だったのかな。それとも、人材派遣会社の人だそうだから、仕事の一環なのか。

……やはり、最期に立ち会ってしまったから、かもしれない。

あのときのことは、りみあも折に触れ思い出していた。あたしがもう少し早く飛び出していったら真空さんと一緒に逃げられたかも。でも、事件に巻き込まれなくてよかったとも思ってしまう。心が揺れた。

棚橋は遠慮がちに切り出した。

「今日お訪ねしたのは、清藤さんはどんな音楽が好きだったかなどを教えていただければ、と思ったからなんです」

彼のつるんとした形のよい手は、テーブル上にお行儀よく並んでいた。裁判所前で声をかけられたとき少し話をしてもいいと思ったのは、この手の、不思議な透明感のせいだった。

りみあはゆっくりと言った。

「真空さんはよけいなおしゃべりをしない人だったので、個人的なことは知らないんです」

りみあも口下手《くちべた》なので、店が暇なときでも会話はほとんどなかった。

「でもこの前に棚橋さんとお話ししたあと、思い出したことがあります」

事件の五、六日ほど前、客がとぎれた際に、真空が鼻歌を歌いながら指を動かすようなしぐさをしていたのだ。珍しいことだったので、声をかけた。

——真空さん、今日はご機嫌ですね、いいことあったんですか?

彼女のレモンイエローの手がうれしそうにひらひらした。

——ええまあ。いいえ、なんでもないんですよ
「そのときの鼻歌が『きらきら星』だったような気がするんです。だからきっと、このあいだ聞かれたときに、すぐに『きらきら星』を思いついたんだと思います」

棚橋の手が少し弾んだ。

「彼女が指を動かしながら歌っていた。それはいい情報ですね」

「あ、でも、お店の名前が〝トウィンクル〟だから、その鼻歌が出たのかなと無意識に思ったのかもしれません。棚橋さんが言ってた『ＡＢＣの歌』を歌っていたのかも」

彼の指が、少し困ったようにチラチラ動いた。

「実は私、あの曲について少々調べてみたのですが、意外にもいろいろなジャンルの音楽になっていまして」

「『きらきら星』は、童謡ですよね」

「マザーグースだそうです。モーツァルトがこの曲を有名にしたようで」

「モーツァルトが作ったんですか!」

「彼の作曲ではないのです。大もとはフランスのシャンソンでした」

シャンソン？　あれが？

「それをモーツァルトがピアノ用に変奏、つまりアレンジしたんだそうで」

ぜんぜん知らなかった。

その後、あの有名な「トウィンクル・トウィンクル」の歌詞がつけられ、世界的に知られる童謡となったという。

「『ABCの歌』は、さらにその替え歌という位置づけです。ほかにも、あのメロディが一部に使われているクラシック音楽があったりするんです」

「じゃああの曲は、シャンソンだったりクラシックだったり、童謡だったりするんですね」

「清藤さんのあの指の動きはなにを示していたのか」

彼の手が、柔らかく握って、開いた。

「『きらきら星』、『ABCの歌』、クラシック、それともシャンソン？」

必死に考えるが、なにも思いつかない。

「やはり『きらきら星』かなと思ったりしますけど、はっきりとは」

「彼女が親しかった方とか、ご存じないですか？」

りみあは少しためらってから言った。

「叔父からちらっと聞いたんですが、真空さんは両親がいなくて施設出身だそうです。そのときの知り合いや友達はいるのかもしれませんが、本人がそういう話をしたことはなかったし、あたしも聞きませんでした」

棚橋の手がうなずくように小さく反応する。

「清藤さんは母子家庭でしたが、お母様が中学のときに亡くなったあとは児童養護施設に四年ほどいたそうです。実は、施設の園長に連絡してみたのですが、裁判後にマスコミが大勢連絡してきたこともあって、面会を断られてしまいました」

うちの店にもマスコミからたくさん電話があったと叔父が言ってたっけ。

「なので、先々週お話ができた園部さんをまず訪ねてみようと考えたわけですが」

話せることはないなあと頭をひねるうち、ふっと思い出した。

「あの、真空さんのこと、というわけでもないんですが」

りみあが専門学校の女子グループの中で〝いない人〟のように扱われたことがあり、つい愚痴をもらした。真空は驚くほど真剣に悩んでくれたのち、大まじめな口調でこう言った。

――気づいていないかもしれないけれど、りみあさんはとても美人さんで、心が清くてやさしい子なんです。それに笑顔がすてきです。いつもニコニコしていれば、人の目を見られなくても、きっとりみあさんの良さをわかってくれる人が現れます、ぜったいに！

「その様子があまりに必死で、その、失礼なんですけど、なんだか笑えてきちゃって、おかげで悩みが吹き飛んだんです」

　棚橋の指が楽しそうにリズムをとった。あたしの心のリズムとぴったり合っているみたいな、やさしい揺れ方だ。

「わかります。清藤さんは秘めた情熱を持っていた、という印象が私にもあります」

「はい、意外と熱い人なんだなあって。そのとき真空さんの顔をちらっと見たら、ほんとにやさしそうな目で……」

　りみあの感情がふいに揺さぶられ、涙がこぼれた。

　ぬぐう自分の手が水色に染まる。

　さきほどの勇樹の冷たい言葉が脳裏によみがえった。

――園部は人の顔を見られないんだよな
　もし真空のように心から相手のことを心配したら、勇樹に対してもっとなにか言えたのかも……

　涙があとからあとから流れ出る。

「ご、ごめんなさい。なんか、みっともないですね……」

　テーブル上の棚橋の両手は一度きちんと揃い、大丈夫、構わないよ、というように少しだけ揺れた。

「こちらこそ思い出させてしまって申し訳ない。落ち着いたら帰りましょう」

棚橋の掌に、魔法みたいにハンカチが現れた。ありがたく受け取って涙をぬぐい、彼の手が心配そうに組まれるのを見た。高ぶっていた気持ちがすっとおさまる。

無色透明。透き通っているわけでもないのに、なぜだかそんなふうに見える。こんな手は初めてだ。なにもかも受け入れてくれそうな、ととのった、静かな色。

ふいに、話したい衝動にかられた。

「棚橋さんは気づいていると思いますけど……」

この人なら秘密を話しても受け入れてくれる気がする。

「あたし、恐くて人の目が見られないんです」

一拍おいて返事がきた。

「だから、相手の手を見つめていらっしゃる」

「変、ですよね」

彼の組まれた手は、少し握り加減を変えた。

「私は仕事柄、いろいろな人と会います。中には視線を合わせるのが苦手な方もいらっしゃいますし、慣れてくれれば顔をあげてくださるので、変だとは思いません」

「変、なのは」

思い切って言葉を吐く。

「相手の手に……色が見えることなんです」

彼の手は、ぴくりともしなかった。もう少し、話しても、大丈夫かな。

「小学校一年のころから、相手が楽しそうだと明るい色に、悲しそうだと暗い色に、怒っていると怒りの色に……手に色が見えるんです。親に言っても本気にされなかったので、ずっとだまっていました。だって、変ですよね」

棚橋の無色透明の手はまったく変わらない。不思議。どうしてこんなに落ち着いているんだろう。ものすごくデキた人物なの？　それとも、神様だったりする？

なんだかこの手にすべてをゆだねたくなった。

彼は、しばらくしてから口を開いた。

「私は、存在感が薄いんです」

その口調は淡々としていて心地よかった。

「初めて会った人と二度目に会ってもたいてい覚えてもらえていない。子どものころからそうでした。今の仕事は多くの人と会うので、まあ、困るといえば困るんですが、逆に、いつ会っても程よい緊張感と親しみをもってもらえるので、それはそれで楽かな、と思うようにしています」

りみあは少しだけ顔をあげてみた。ネイビーのネクタイの結び目がちょっと曲がっていた。

「園部さんは『共感力』という言葉をご存じでしょうか」

「……聞いたことあるような気がしますけど、ちゃんとは」

「相手の視点や感情や、相手が自分に対してなにを望んでいるかを察知する力のことで、エモーショナル・インテリジェンスなどと言うそうですが、そのような力の強い人は確かに存在します。私は自分の色がない分、相手を読み取る力を多くもっているらしいのです」

色がない。だから、その手も無色透明なんだろうか。

「今の人材派遣会社に入る前は別の会社で営業の仕事をしていましたが、個性がなくてかなり苦労しました。色がないならせめて共感力を活《い》かして相手の懐に飛び込もうと努力した時期もありましたが、共感しすぎてうまくいかないことが多くなり、いろいろあって、会社を辞めました」

苦労話を淡々と話すその声は、りみあの心に静かに染み入ってきた。

こんな穏やかそうな人の人生にも、波はあるのだな。

「お恥ずかしい話ですが結婚も一度失敗しています。あ、〝一度〟っていうのは変かな。まだ二度目はしていませんから」

彼が苦笑したようなので、視線をもう少しだけあげた。

ほっそりした顎がちらりと見える。左側に小さなホクロ。

「私を採用してくれた今の会社の部長に言われました。私に色がないということは『誰のことも受け止められる』ことだと」

彼の口をそっと見る。

薄いきれいなピンク。唇にはちゃんと色がある。

「夢中で人材派遣のコーディネーターの仕事を続けるうちに、上司の言う『誰のことも受け止められる』の意味が少しずつわかってきました。過去の失敗を教訓に、共感しすぎないよう細心の注意を払ってバランスを取り、私の〝色のなさ〟という特徴を活かそうと努めました。今は、それがまああうまくいっているようです」

彼の手がもぞもぞと動いた。

「園部さんも共感力が強すぎて、面と向かって顔を見ると相手に呑《の》み込まれてしまうのでしょう。だから、手を見るというのは有効な手立てですね。よくそのように切り替えたと感心します」

胸がじんと熱くなる。そんなふうに褒められたのは初めてだった。

「あ、ありがとうございます」

「そして、手に色が見えるということですが、それはおそらく、共感力のなせる業《わざ》ではないでしょうか。ですから、別に変ではないです」

「変じゃない、ですか」

なんだか力が抜けた。

ずうっと悩んでだれにも言えず、自分がおかしな人間なのかと怯えていたのに、この人はいとも簡単にあたしの悩みを取り去った。

ふしぎな人……いや、神様？

「手に色が見えることを特に他人に言う必要もないし、でも、もしかしてその力がなにかの役に立ちそうなら、利用すればいいのではないでしょうか」

「利用するんですか？」

彼の両手が掌をくっつけた。

「方法は、今は思いつきませんが、そう心がけていたらそんなときがくるかもしれませんよ」

無色透明の手が楽しげに揺れるのを見ているうちに、身体中から重石《おもし》がぼろぼろと落ちて、軽くなったように感じられた。今までなんでこんなに悩んでいたんだろう、ってほど、気持ちがすっきりする。

棚橋は両掌をテーブルの上で広げた。

「とはいえ、共感力の強い人はときどき相手の感情に押しつぶされそうになります。きっとそれは、手の色にしてもそうだと思います」

りみあは少し前のめりになってうなずいた。

「すごくわかります。相手の手の色が激しい感じだと、あたしも苦しくなるんです」

「私はそんなとき、こんなことを試みています」

テーブル上の彼の両方の手が、ひとさし指だけ突き出される。

二本のひとさし指はくるくる回ったのち、ゆっくりと上に移動した。りみあの視線も自然とあがっていく。そして指先が、頬骨の少し下あたりに押し付けられ、くいっと顔の肉を持ちあげる。

（あっ……）

りみあは棚橋の顔を見ていた。彼の薄くて形のよい唇が、指の押しあげによってゆるやかに丸みを帯びている。そして、瞳はすずしげに笑っていた。

「不思議なもので、顔の筋肉を笑うように動かすと、脳がそれを察知して『ああ、自分は今笑っている。楽しい』と考えるそうです」

彼のひとさし指が一段と頬の肉を持ちあげ、ピエロみたいににんまりした口ができあがる。

「だから、押しつぶされそうになったときは、まず笑ってみるんです」棚橋は一度頬を緩めると、再び指でぐいっと押しあげた。「園部さん、さあ、お手をどうぞ」

「……えっ？」

彼の透明な色の指が何度も頬を押しあげる。

あたしも……？

「指で口の端を押しあげて」

「こ、こうですか」

自分の指を頬骨に当て、ぐいっと押しあげた。口角もつられて持ちあがる。

「大変けっこうです。ほら、なんだか楽しくなるでしょう？」

そう、だろうか。わからない。

でも、そんな気がしてきた。

「とてもすてきな笑顔ですよ」

面と向かって見た相手の笑顔も、このうえなくすてきだった。りみあは指をおろすと真剣な顔で言った。

「棚橋さん」

「あ、押しつけがましかったですか。あくまでも私のやり方なので、採用するかどうかはご自由に……」

「棚橋さんは天才です」

彼は驚くでもなく、微笑んで答えた。

「凡才ですよ。でもお役に立てたならよかったです」

「あの、今、急に思い出したんですけど」

さきほど笑みを顔に作った瞬間、なにかが頭の中をよぎったのだ。あれは、真空の笑顔？　なんと言ったか。確か……

「……カンザキさん」

彼の顔が真剣に固まった。

「清藤さんの知り合いの名前ですか？」

「はい。『きらきら星』の鼻歌よりも前のことだったと思いますが、いつも冷静な真空さんが、珍しく浮かれた感じだったことがあって」

どうかしたのかとなにげなく尋ねると、真空はよくぞ聞いてくれた、という雰囲気で答えた。

──昼間の職場で、私が念のため調べたことが役立ったと社員の方から感謝されたんです。あんなふうにお礼を言われたのは初めてだったので、すごく嬉《うれ》しくて。カンザキさんっていつも恐そうだけど実はいい人で、踊るように滑らかに歩く人なんです……

真空の手はいつものイエローではなく、少しピンクがかった暖色。思い切って一瞬だけ見た彼女の顔には、幸せそうな笑みが浮かんでいた。ひょっとしてその人のことが好きなのかなあ、と思った。

「その人なら、真空さんの好きな歌とか知っているかもしれません」

棚橋はにっこり微笑んだ。

「踊るように歩く人、ですか。私が清藤さんを紹介した建築デザイン事務所に、神崎《かんざき》という建築士がいたと記憶しています。さっそく話を聞いてみます」

彼は立ちあがると、手を差し出してきた。りみあはおずおずとそれを握る。彼の手は無色透明にもかかわらず、とてもあたたかかった。

「ありがとう。これで前に進めそうです」

あたしこそ、前に進めそうな気がしてきました。

棚橋が振り返り、ぼそりと言った。

「ところで、私の手は……」

そしてひどく照れくさそうに笑う。

「いや、なんでもないです」

人の顔って、こんなにも表情豊かなんだな。感動したりみあは、生まれて初めて相手に手の色を伝えた。

「『誰のことも受け止められる』っていう透明な色に、見えます」

彼の瞳は、ほっとしたように輝いた。

翌日。

りみあは勇樹をクラス前の廊下で待っていた。

現れた彼は気まずそうに横を向く。逃げ出したい気持ちを必死にこらえ、前に立つ。

頑張れ、あたし。

両手のひとさし指で頬をぐいっと押しあげた。

「あのっ」

笑え。そして彼を見ろ。

「少しお話がありますっ。お時間よろしいでしょうかっ」

勇樹はぽかんとして、すぐに笑い出した。

「なに、そのポーズ。流行《はや》ってんの？」

「いえっ、あのっ」

初めてまっすぐ見つめた勇樹は、やさしそうな、そして今は少し悲しそうな顔をしていた。

学校の中庭の、キンモクセイの木の脇まで連れ立って歩く。

りみあは再び勇樹を見つめた。まだ恐いが、なんとか目を見られる。

「あの、昨日のことなんですが、あたし、あの、酒井さんが、その」

うまく言えない。そもそも目を見ての会話はほぼ初めてだ。

「困っていると、知っているというか、ぜったいに悩みがある、と思う、というか……」

ダメだ。下を向いてしまった。

「……園部って、昔から不思議だったよな」

それは、変だということ？　やっぱりそうか……

彼はしばらく黙っている。スマートな手をそっと見た。どす黒い感情は少し薄まっているようだった。

やがて彼は言った。

「ありがとう。決心したよ。じゃ」

「……えっ？」

顔をあげると、彼は走り去っていた。

終わり？　これで？


その夜のバイトは沈みがちだったが、棚橋に教えてもらった口角もちあげ法で笑顔をむりやり作り、なんとか乗り切った。頬を押さえすぎて少し痛いくらいだ。

叔父は一段と明るかった。

「今日のりみあはすごくはりきってたなあ。お客さんも笑顔だったぞ」

そんなふうに見えたのならばよかったが、心の中はどんより曇り空だった。

店を出たとき、前に立った人物の手を見て驚いた。薬指の根元にホクロ。

「バイト終わるの待ってたんだ」

「あ、あの、昼間は変なこと言ってすみませ……」

「こっちこそ、ごめん！」

彼はぺこりと頭をさげた。


中野駅近くの四季の森公園は飲食店舗が併設されていることもあり、夜でも多くの人が戸外で食事をしたりくつろいだりしていた。

二人は石のベンチに並んで腰かける。ライトアップされた木々が静かに揺れていた。

勇樹は熱い缶コーヒーを渡してくれながら言った。

「昨日はごめん。あのとき、弁当屋の向かいの洋品店に彩花がいるのが見えたんだ」

彼の手が缶をゆらゆら転がす。

「万引きをしている瞬間だった」

「……えっ」

りみあは缶をぎゅっと握りしめた。

彼の手のあの色は、犯罪を見た瞬間のものだったのか。

「彩花とは一緒にご飯食べにいったりはしてるけど、つきあっているというわけではなかった。でも彼女は友達に、俺が彼氏だと言いふらしていたらしい。で、先週、そういうのやめてくれって言ったら、なんだか様子が変になってさ」

　昼夜構わず電話をかけてきたり、恐ろしい量のメールがきたり、目つきがおかしくなったり、たまたま見かけた彼女のバッグに奇妙な品物がたくさん入っていたりした。

「それどうしたの、と聞くと『勇樹が冷たいからストレス発散に万引きしたのよ』って言ってた。まさかと思っていたんだけど、昨日、まさにその現場を見ちゃって。園部が声をかけてきたとき、動揺してひどいことを言ってしまった」

――園部は人の顔を見られないんだよな
「君が顔を見られないことを知っていたから、たぶん彩花の姿も見てないだろうと、とっさにそんな言葉が出てしまった。傷ついたよな。ごめん」

　りみあは必死に首をふる。

「あたしこそ、そんな気持ちも知らずにわざわざ押しかけたりして」

「園部はまったく悪くない。ただ、どうしたらいいかわからなくて」

　勇樹は悩んだという。

　彩花があんなふうになった責任の一端は自分にもある、万引きは犯罪だ、彼女を犯罪者にしてしまったのは自分かもしれない、見過ごすべきか、しかしお店には迷惑がかかっている。どうしたらいいのか……

「そしたら今日、園部が来ただろ。人の顔を見られないのに、俺をまっすぐ見つめてきて」

　彼はてれくさそうに笑った。

「やっぱり、ちゃんとしなきゃいけねえな、って思って、それで彩花を説き伏せて、さっき一緒に洋品店にあやまりに行ったんだ」

「そうだったんですね」

「店のおばあさんがいい人で、今回は警察には届けないって言ってくれた」

　そうか。ひとまずほっとする。

　勇樹はまた缶を掌で転がした。

「俺もはっきりさせなきゃと、彩花とじっくり話したんだ」

「じゃあ、よかったです」

　こんなに彩花のことを心配している。やっぱり二人はお似合いなんだ。胸がキリキリと痛んだが、りみあは心中で、指で頬を押しあげるのをイメージした。

「彩花もきっと落ち着くと思います。大事にしてあげてくださいね。じゃあ、あたしはこれで」

　涙がでそうになり、急いで立ちあがろうとした。

「待って」

　彼の手がりみあの手をとらえ、ぐいっと引っ張った。

澄んだ瞳が、すぐ目の前にある。

自分をつかんでいるその手は情熱的なワインレッドだ。

「今回のことで自分の気持ちがはっきりわかった。俺、じつはさ……」

――お手をどうぞ

清藤真空が、やさしい声でそう言ったような気がした。

第2変奏

一級建築士・神崎誠の熱情

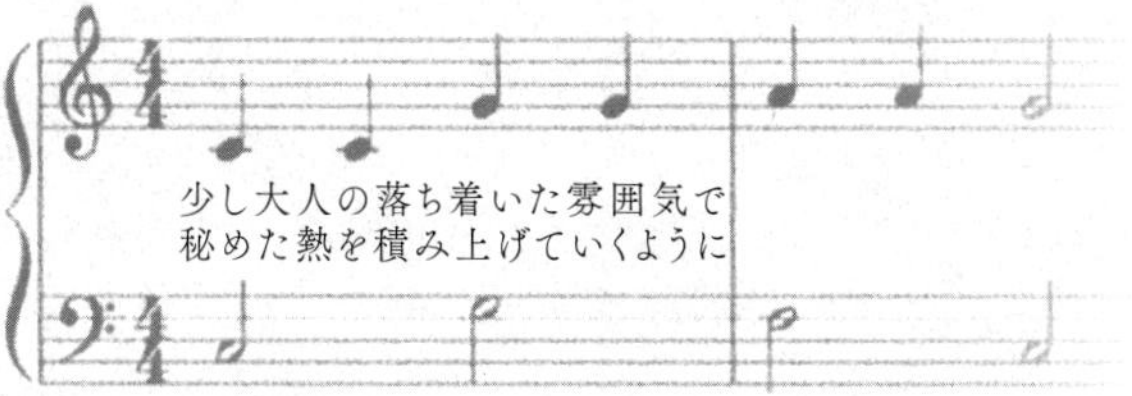
少し大人の落ち着いた雰囲気で
秘めた熱を積み上げていくように

神崎誠《かんざきまこと》は受話器を叩きつけながら咆《ほ》えた。

「くっそっ、だから言っただろ！」

もっとも、その怒声を聞いたのは残業している神崎本人だけだ。

彼は常に激怒している。事務所の所長に対して、後輩の二級建築士に対して、資材屋に対して、施主に対して、そして自分に対して。

一級建築士の肩書は一見、高いステイタスとオリジナリティの象徴だ。しかし新宿《しんじゆく》の小規模建築デザイン事務所に所属し、マンションの一室や小店舗の内装、お定まりの戸建て住宅の設計ばかり手掛けていると、世界的に有名な丹下健三《たんげけんぞう》や隈研吾《くまけんご》と同じ資格を持っていながら、〝建築家〟ではなく単なる〝図面引き屋〟でしかない事実を日々突き付けられるようで、情けなくなってくる。

大学の先輩である大浦《おおうら》所長に誘われて新卒で入社したこの事務所は大小問わずどんな受注も引き受けるので、神崎にとって格好の修業場であった。しかし三十歳を数年過ぎたこのごろは、所長に反発を覚えてばかりいる。

神崎は慎重で頑固だ。何事も周到に準備してからでないと前に進めない。必要とあらば、どんなに時間がかかろうと周囲から反対されようと調整や検討を繰り返す。その融通の利かなさが時に業務に支障を来《きた》すことも自覚しているが、正しく丁寧な仕事こそ建築家の使命だと信じている。そのため、所長の利益優先主義による誤魔化しや手抜き作業の横行が近ごろとみに増えていることはなんとも看過し難いのだった。

所長は施主に「仰《おお》せの通りに」と平身低頭するくせに、素人に気づかれぬようセコく設計変更し、経費を浮かす。資材屋の担当も所長とつるんで資材の質を下げて納品する。神崎がたまたま現場に行って床材が搬入される瞬間を見なければ、企画書のそれとは比べ物にならない安普請の家ができたであろうこともあった。

誤魔化しの片棒を担がされている後輩の笹森《ささもり》に対しても、神崎は怒りを禁じえない。なぜノーと言わない。せめて意見具申すべきだ。

——でも神崎さん、所長に逆らったらクビですから

おまえには建築家としての矜持《きょうじ》はないのか。神崎が唾を飛ばしてまくしたてても「長い物には巻かれる主義でして」と淡々と返す笹森は、疲れ果てた顔でPCを叩くのみ。たまに、気概のある職人の親方からのクレームで誤魔化しが発覚することもある。

——建材はすべてYKKと聞いていたのに、粗悪な三流品の寄せ集めがきた。工期に間に合わせろというなら正規の品を迅速に納品してほしい

今もそんな電話を残業中の神崎が受け、平謝りする羽目になった。笹森の奴《やつ》、また企画書と異なる発注をしたな。

叩きつけるように社内メールを打つ。あとは所長と笹森が対処しろ、くそっ。

パソコンを閉じ、デスクに乱雑に広げられた資料を見る。

先刻事務所を訪れていた施主に対しても、神崎は苛立《いらだ》っていた。都内の矮小《わいしょう》な土地に念願のマイホームを建てる。共稼ぎでもあることから予算には余裕があるが、夫婦で意見が異なりすぎて一向に進まない。

先ほども、打ち合わせ中に口論が始まった。旦那は「すっきりしたリビングにしたいから作りつけの収納棚はいらない」と言い放ち、奥さんは「あなたの趣味のフィギュアを詰め込む収納棚を結局買う羽目になるなら、最初からあったほうがいいわ」と主張。

収納棚は作るな、いや作れ。

どっちなんだはっきりしてくれ。もう少しで怒鳴りそうになるのをこらえ、次回までに意見をまとめてきてもらうことでお引き取りいただいた。やれやれ。

沸騰した頭を振り、窓外を見つめる。にょきにょきと連なるペンシルビルの狭間から見える夜空はくすんだ紺色だ。地上の星である新宿のネオンに掻《か》き消され、本物の星は見るべくもない。

室内に目を転じる。

七階ワンフロアを占めるオフィスは所長好みのゴージャスな内装で、客受けはすこぶるよい。しかしシンプルなデザインが好きな神崎は、華美な壁紙や無駄に毛足の長い絨《じゅう》毯《たん》などまったく鼻持ちならなかった。

プライベート携帯が小さく鳴る。母からのメールだ。

いつもの時候の挨拶、身体への気遣い、父の持病の経過、妹のくららの近況報告……丁寧だがどこか余所余所《よそよそ》しい文面が続き、たまには顔を見せてくださいね、という遠慮がちな結びの言葉。

昨年末に一日だけ帰ったきりで、もう十ヶ月ご無沙汰だ。遠いわけではないが、気持ちとしては地球の反対側くらいの距離を感じている。

母……正確に言うと義母がいつも醸し出してくる〝後妻の遠慮〟とでもいうべき空気が、妙に居心地が悪い。十年以上も育ててくれたのだからもっと直截《ちょくせつ》的な物言いをしてもいいのにと、つい不機嫌になる。なんだかんだで煩わしさが先に立ち、足が遠のいてしまうのだ。

携帯をデスクに放り、嘆息する。新宿に所縁《ゆかり》の深い文豪に倣うわけではないが、「とかくに人の世は住みにくい」といった心持ちだった。

独立して自分の事務所を構えたいと、ここ一年ずっと考えている。しかし、一歩踏み出す勇気がない。資金は心もとないし、ついてきてくれそうな後輩もいない。

——神崎さんは、完璧主義すぎるから
笹森の口癖は聞き飽きた。「正しく」「丁寧に」を追求して、なにが悪い。くそっ。

〝収納棚ありなし問題〟を抱えた家の設計図を数枚、応接コーナーの広いテーブルに広げてみた。

狭小住宅なので、できる限り効率的に収納スペースを作りたい。確かに旦那の言う通り、リビングのこの箇所に棚を設置すると少し圧迫感がある。しかし奥さんの指摘も一理ある。仕舞うスペースがないと、物は床に溢《あふ》れてしまいがちだ。それは、神崎の理想に反する。

シンプルで美しい家。

昨年、神崎が設計した三鷹《みたか》の住宅が建築雑誌に掲載され、こんな家がいいと指名してくださる客がちらほら出てきた。

だから余計に、シンプルかつ機能美を備えたデザインにこだわりたい。しかし、このリビングに収納棚をどう設置するか。目立たぬように、でも便利に……

ドアベルが鳴った。宅配便か？

滑るように入口へ行き素早く扉を開けると、特徴のない男性が立っていた。細身のスーツにはシワがなく、頭髪をきちんと整え、穏やかな笑みを浮かべている。なにかの売り込みか。面倒な。

男は柔らかな動作で名刺を差し出した。

「夜分に失礼します。人材派遣会社ユアーズの棚橋《たなはし》と申します」目が輝く。「神崎さんですね」

「……ああ」剣呑《けんのん》な表情を解く。そういえば日中に電話があった。「二十時のお約束でしたね」

時計を見るとジャストオンタイム。外見と同様、几帳面《きちょうめん》な性格なのだろう。面識があるそうだが記憶にない。が、差し出された名刺のデザインと〝棚橋泰生《たいせい》〟という文字は見覚えがあった。所長と一緒にでも挨拶したのかもしれない。

自分より十歳ほども年上であろうが、少し子供っぽい困ったような笑みを浮かべる眼前の男は、なんというか、人を安心させるオーラを纏《まと》っていた。忙しいので手短に、と戸口で済ませるつもりだったのに、まあいいか少し気分転換に、と譲歩している自分がいる。

「どうぞ、こちらへ」

先に立って応接コーナーへ案内すると、彼はしげしげとこちらを見た。俺の動作に不審な点でもあったのか。鷹揚《おうよう》に微笑んでいるところをみると不快を感じたわけではなさそうだ。

テーブル上の図面を急いで端へ寄せ、向かい合って座る。

「ご用件は清藤真空《きよとうまそら》さんのことでしたね」神崎のほうから切り出す。「電話でも申し上げたが、特に親しかったわけではない。お話しできることはあまりないと思います」

会社の事務雑用をしていた女性は、口数が少なく、整った顔立ちなのに陰気な印象だった。そして一年半前、中野の商店街で事件に巻き込まれて亡くなった。

神崎は、当日の深夜ニュースで惨劇を知った。殺人はニュースかドラマの中でしか起きないものだと思っていたのに、まさか自分の知っている人物が被害に遭うとは。

翌日は事務所でも大騒ぎだった。清藤真空が二度と会社に現れないことと殺人事件が結びつかず、神崎は戸惑いを禁じえなかった。

しばらくの間、報道は過熱した。至るところで使われた事件唯一の死亡者の顔写真は、他に入手できなかったのだろうが商業高校の卒業アルバムのもので、まるで容疑者みたいに暗い表情だった。なんでこんなの晒《さら》すんだよ、と怒りを覚えた。そしてそんな自分が虚《むな》しかった。神崎がマスコミに憤慨しても、彼女は戻りはしないのだ。

やがて日々の雑務に追われて皆が彼女を忘れ、笹森が久しぶりに事件について話題にしたのは今朝だった。

――先々週の裁判ですが、犯人側が控訴しなかったので無期懲役が確定したとネットで速報が流れてます！

そしてその晩に彼女が登録していた人材派遣会社の人が訪ねてきた、というわけだ。

「些細《ささい》なことでも構いません」棚橋は淡々と述べた。「清藤さんがここでどんな会話をしていたか、なにが好きでなにが嫌いなようだったか、あるいは仕事上でのエピソードなどお聞かせいただきたいのです」

神崎は相手をじっくり見つめた。

どこにでもいそうな、ごく普通の中年男。目的はなんだ。判決確定のニュースに刺激されて清藤真空の過去をほじくり出しにきたのか。

「失礼ですが」神崎は鋭く突いた。「なぜそんなことを知りたいのですか。棚橋さんは彼女とお付き合いをしていた、とか？」

「とんでもない」彼はまた困ったように微笑んだ。「念のため申しますと、片思いをしていたわけでもないですよ」

棚橋は一度下を向くと、視線を戻してきた。

「理由のひとつは、彼女の最期の瞬間に立ち会ってしまったためです」

思いがけぬ言葉に、一拍おいて神崎は尋ねる。

「あなたも事件の被害に遭われたんですか？」

「私があの商店街に入ったときには、もう全部終わっていたと言いますか……」

彼は簡潔に当日の様子を語った。さんざんニュースで見ていたが、改めて目撃者から聞くと、背筋が凍る思いがする。

そして清藤真空が最期に示した指の動き……

「ドドソラソ、ですか」

神崎も自分の指を動かしてみた。

「それがどんなことを意味するのか、突き止めたいのです」

ダイイング・メッセージか。

凡庸そうなこの男性は物事を突き詰めるタイプのようだ。少し親近感が湧く。もし自分が棚橋の立場なら、やはりとことん追求するだろう。

棚橋が言った。

「清藤さんと面識のあったある女性が、それは『きらきら星』のことではないかと指摘してくれましたが、清藤さんがそのメロディにどんな思いを持っていたかまでは知らなかった」

この曲はもともとはシャンソンで、クラシック、童謡など様々なジャンルにアレンジされたという。

「なにかご存じではありませんか。彼女は童謡が好きだったとか、あるいはモーツァルトをよく聴いていたとか」

「残念ながら、まったく思いつかないな」神崎は首をかしげた。「どうして俺……私に聞きにこようと思ったんですか」

「その知人の女性が、清藤さんの口から会社にカンザキさんという人がいると聞いたそうです」

「俺の名前を？　怒りっぽい社員がいて困る、なんて愚痴ですかね」

「いえ」彼は目を細めた。「むしろ好意的な言い方だったそうです」

安堵《あんど》する。故人が自分の悪口を言っていたと後で知ったら、遣る瀬《やせ》なく感じただろう。

「清藤さんは御社を出て、その足で中野の商店街に行ったようです。そこで事件に遭遇した。ここでの業務のなにかを伝えたかった可能性もある。そこで、神崎さんならヒントになるようなことを知っていらっしゃるかもしれないと思いまして」

「あの日、特に問題はなかったはずです」必死に記憶を辿《たど》る。「あの日に限らず、彼女は自分からトラブルを起こすような人ではなかった。俺はわりと短気で激しやすいんですが、彼女に怒ったことは一度もない。非常に飲み込みが早く、俺のやり方をよく理解してくれていました」

今思えば清藤真空は、この事務所の中で唯一、神崎の設計への熱情を肯定してくれていた。所長も笹森も、資材業者も誰もかれも彼の頑固さに辟易《へきえき》していたのに。

「清藤さんは一切無駄話をせず、こちらの意図を汲み取り、指示以上の成果を出してくれた。申し分なかった」

彼女が働き出したのは四年前の五月だ。コンペや受注が集中し殺人的に忙しい時期で、すぐに事務雑用をやってくれる人を、と人材派遣会社に連絡してみると、二人派遣されてきた。

一人は二十代後半の女性、始業時間ギリギリにやってきてからメイク直しをするようなおっとりしたタイプで、殺伐とした社内の空気に呑まれて一週間で辞めた。もう一人が二十代前半の清藤真空。始業十分前にはデスクに座り、その日の業務内容を確認し、依頼された書類を黙々と作成し、室内を清掃しコーヒーを淹《い》れ雑貨を買い出しに行き、所長の気まぐれな指示やアバウトな内容の命令にも淡々と対応していた。

設計の知識は皆無だったが、半年もたつと基本的な業務内容を理解し、的確な質問を繰り出し、問題点をさりげなく指摘するなど、実務に貢献してくれた。

「そういえば、彼女のおかげで救われたことがありました」

彼女の亡くなる一ヶ月ほど前だっただろうか。後輩の笹森が、渋谷《しぶや》区のマンション一階にある店舗の内装デザインを受けた。物販店だったスペースを新たに賃借して洋食屋を始めるということで、笹森の知り合いの不動産業者から紹介されたのだ。小さな仕事だったが、彼はりきって企画書を作成した。その手伝いをしていた清藤真空がこんなことを笹森に言った。

――以前このあたりで店舗内装を手掛けた神崎さんが、地域によっては飲食店ができないことがあるとおっしゃっていましたが、ここは大丈夫なんでしょうか

笹森はそれを無視して進めようとしたが、彼女は自分で渋谷区の条例を調べ、そこが『第一種文教地区』で〝飲食店営業〟は原則禁止であることを突き止めた。賃貸借契約

締結直前にそれがわかり、契約は流れた。

「その地域は第一種中高層住居専用地域で、通常は飲食店舗営業が可能なので見逃しがちですが、彼女はちゃんと地区条例まで確認してくれた。本来は不動産仲介業者が調べるべきことですが、我々も設計を引き受けるからには当然チェックしなければならない。賃貸契約して店舗内装も終えて、いざ申請を出したら許可が出ないなんてことになったらお客さんは踏んだり蹴ったりで、うちの設計費用も払ってもらえなかったかもしれない」

「その危険を清藤さんが回避したのですか。すごいですね」

笹森は彼女に恥をかかされたと逆恨みし、しばらく冷たい態度を取っていた。神崎が頭にきて非礼を詫《わ》びるよう説教しようとしたら、彼女に止められた。

——謝られるのは苦手なので、大丈夫です
「謝られるのが苦手？」

「淡々とした口調でしたが、なんだか重みがありました。確か俺より五歳ほど年下でしたが、達観しているというか、大人だったな。所長から彼女の履歴を少し聞いたことがありますが、苦労人だったようですね」

「ええ」棚橋はうなずいた。「商業高校を卒業して就職した印刷工場が、リーマンショックの影響で倒産してしまったそうです」

退職金をもらえず放り出され、再就職先も見つからず難儀したという。

神崎は高校のときから建築士になることしか考えず、大学卒業後すぐにこの事務所に入ってひたすら設計をしてきた。恵まれた環境と言える。なのに不満をつらねるだけで、現状を打破する努力をしていない。なんだか情けなく思えた。

棚橋は静かに話し続ける。

「清藤さんとは３・11のときに偶然出会ったんです」

中野駅の近くの路上で地震に遭い、たまたますぐそばにいた彼女が看板の破片で額に軽いけがをしたので、絆創膏《ばんそうこう》を差し出したのだという。

「携帯の充電が切れていた私は、そのお返しに彼女から電話を借りたんです」

その際に彼女が求職中だと聞き、人材派遣会社への登録を勧めた。

「清藤さんはその後、御社への派遣が決まったというわけです」

「そんな経緯でうちに来たんですね。彼女は働き者で本当にありがたかったです。月並みですが、実に惜しい人材をなくしてしまいました」

棚橋が少し悲しそうに、そして感極まったように微笑んだ。

「そんなふうに言っていただけると、コーディネーターとしては我がことのように嬉しいものですね」

神崎は改めて目の前の男性を見つめた。

彼の纏《まと》う空気は不思議だった。押しつけがましくなく泰然とそこに存在しているだけで、一緒にいるこちらが自然にリラックスできる。周囲を和ませ、ほっとする空間を演出してくれる人間というのがいるのだなあと実感した。

心の底からくつろげる空間を創ることも神崎の目標のひとつだ。もし棚橋が一部屋に一人いたらそんな空間ができそうだ、などと荒唐無稽なことを考えた。

一部屋にひとつ、和めるアイテムを置く。例えば施主の趣味のもの。それが全体の統一にちゃんと役立っていて……

はっと顔を上げた。

たまにやるのだが、目の前の事がらを忘れてアイデアに没頭してしまう。いかん、と首を振り、ふと思い浮かぶ。趣味のもの。

なにか、あったような……

棚橋はそんな神崎を察したのか、視線をゆったり動かしながら待っている。

さらに記憶を辿るが、脳裏に浮かんだなにかは消え去ってしまった。

「お話しできることはもうなさそうです。すみません」

棚橋はテーブル端に置かれた図面を見つめながら、小さく首を振った。

「いえ、お邪魔をしてしまってこちらこそ……」立ち上がりかけ、ぼそりと言った。

「これは、ジャックの建てた家」

神崎は聞き咎《とが》めた。

「なんですか?」
「ああ、すみません」彼は顔を上げる。「ここに『JK様邸宅設計案』と書かれていたので、ジャックという名前を思いついて、つい」
JKとは、神崎がつけた施主の陣内紘一《じんないこういち》氏の略字だ。
棚橋は少し照れ臭そうに言った。
「『きらきら星』の詩はマザーグースだと知ったついでに、他のマザーグースをいろいろと読んでみたんです。その中に『これはジャックの建てた家』という歌がありまして」
彼は携帯を操作し、画面を読み上げた。
――これはジャックの建てた家
これはジャックの建てた家に転がっていた麦芽《ばくが》
これはジャックの建てた家に転がっていた麦芽を食べたネズミ
これはジャックの建てた家に転がっていた麦芽を食べたネズミを殺したネコ
これはジャックの建てた家に転がっていた麦芽を食べたネズミを殺したネコを驚かした犬
これはジャックの建てた家に転がっていた麦芽を食べたネズミを殺したネコを驚かした犬を角《つの》でつついた雌牛……
「どんどん言葉が繋《つな》がっていく歌です。こういう形式を〝積み上げ歌〟というそうです」

「なかなか興味深いですね。しかし積み上がるというより、下に続いている感じですが」

「日本語ではそうですが」再び携帯をいじる。「英語だと言葉の順番が逆になりますから、ええと」

――This is the house that Jack built.
This is the malt
That lay in the house that Jack built.
This is the rat
That ate the malt
That lay in the house that Jack built……

「なるほど。積み上がっていきますね」

「でも日本語だと逆ですから、ぶら下がっていく感じ。ぶら下がり歌、ですね」

そのとき、神崎の頭の中にイメージが湧いた。

積み上げでなく、ぶら下がり。

収納棚を床に置いて積み上げるのではなく、天井から吊《つ》り下げて、物が増えたらその吊り下がりが順々に増えていくというのはどうだろうか……

「そうか！」神崎は立ち上がり、自分のデスクへ走った。「ちょっと失礼！」

ペン立てから赤ペンを取ると、応接コーナーに戻り夢中で図面に線を引く。

「こうして……上から……こう、バネで畳んでおいて……くそっ」

最初は天井の中に棚が収納されているので、すっきりしている。荷物が増えてきたら、必要に応じて高さ二十センチから四十センチの棚を一段ずつ降ろしてくる。壁に固定箇所をあらかじめ作っておけば強度も確保できる。最高三段、いや四段作ってもいい。最後は壁一面にするか、それとも天井付近に横にたくさん吊り下げて……

はっと顔を上げると、棚橋が柔和に微笑んでこちらを見ていた。

「すみません、棚橋さんの言葉でアイデアが閃《ひらめ》いたもので、つい」

「いえ。手に職のない私からすると、神崎さんの設計への熱情はただただ羨望の的です。それに」彼は感心するようにうなずいた。「踊るように滑らかに歩かれるのですねぇ」

虚をつかれる。

「そんなことを言われたのは……久しぶりです」

実を言えば幼少のころからダンスが好きで、ダンス教室に通った経験もあった。そのころは挙措が滑らかだとたびたび称賛されたが、成人してからは踊る暇もなく、動きを褒められることなどなかった。

神崎はペンを放り投げ、嘆息を漏らす。

「棚橋さんは相手を気持ちよくさせるのが上手ですね。羨ましい。俺は周囲の人を怒らせるのが得意なようで、決まってトラブルを起こしてしまう」

棚橋は穏やかに言った。

「私は逆に、主義主張をはっきり通せる神崎さんが羨ましいですが」

神崎は少しだけ躊躇《ためら》ったのち、聞いてみた。

「棚橋さんが人と話すとき、気を付けていることはありますか」

彼は思案げに顎を引いた。

「そうですね、いくつかありますが」

「俺はすぐ相手に噛みついてしまう。なんで間違ったことを平気で進めるんだ、とか、もっと検討してからちゃんと提案してくれ、とか。そういうのは、まあ、良くないとわかってはいますが、正しいことを言ってなにが悪い、という気持ちが先に立ってしまうんです」

棚橋は少し間をおくと、ゆっくりと述べた。

「私は人と交渉をするとき、『相手は、自分が百パーセント正しいと思っている』と仮定して話します」

「百パーセント、ですか」

「百パーセント、です。自分が少しくらいは間違っているかもしれない、なんて、人は考えないのですよ。私が完全に正解で、相手は完全に間違い。百対ゼロ」

「そんなに極端でしょうか」

彼は自信ありげにうなずいた。

「今のように他人事《ひとごと》として話すと、Aさんが百パーセント正しくてBさんは百パーセント間違っているなんてことはないだろう、と冷静に考えられますが、いざ自分がその立場になると、知らず知らずのうちに必ずゼロヒャクで相手が悪いと思い込む」

神崎は唸《うな》った。

そうかもしれない。自分と所長では、俺が百パーセント正しいと即答するだろう。

「例えば、俺が棚橋さんの提案に反論して『自分のほうが正しい』と主張した場合、どうされるんですか」

「私は」彼は言葉を切り、目を輝かせた。まるで奥義を特別にこっそり教えるかのように、少しだけ顔を近づけた。「『あなたは正しいとおっしゃっている』ということにのみ共感します」

「……わからない。俺の正しさを認めるということですか？」

「いいえ。私の提案にあなたは反論している。つまり意見対立です」

「では、嘘《うそ》をつくのですか？」

棚橋は笑みを浮かべた。

「『あなたは百パーセント正しい』と共感するのではなく『あなたが百パーセント正しいと思っている』ことのみに共感するのです」

「それは、俺に共感していることになるのでは」

「あなたの主張には共感できないが、あなたがそのように結論付けた過程や努力や熱意を尊重する、と伝えるのです。すると相手は、全否定されてはいないという気持ちを得られます。これがあるのとないのでは、その後の交渉の進捗がまったく異なるのです」

「ああ」少し理解できた。「俺は速攻で相手を全否定してしまう。だから即ケンカです」

「百対ゼロで物事が進むことはほとんどない。結局は八十対二十になったり、七十対三十になったりすることが多い。そこへもっていくための一歩は、あなたという人間を認めています、と示すことなんです」

相手を認める。

「理屈ではなんとなくわかるが」神崎は頭を抱えるようにした。「現実にはそんなふうにはできないような気がする」

棚橋は小さく首をかしげた。

「多少は訓練が必要かもしれません。怒りが爆発する前に深呼吸するとか、相手を打ちのめしたいと思ったときに好きな音楽を頭の中で流してみるとか、そうそう、相手が宇宙人だと想像してみるとか」

神崎は声をあげて笑った。所長がタコみたいな姿に変身する姿を想像する。夜空に瞬くどこかの星からやってきた、意地悪そうな異星人……

「それならできそうな気がします」

「私でもできるのですから、誰でもできると思います」

あなたのような温厚そうな人だからできるのだと思うが……

なにかが、頭の中に浮かんだ。ええと、あれは。

神崎は前に身を乗り出した。

「きらきら星は当然、夜空に出ますよね」

棚橋も乗り出してくる。

「なにか思い出されたのですか？」

「去年の二月ごろだったと思いますが」彼女が亡くなる二ヶ月ほど前だ。「清藤さんに、ある案件のフォルダをＰＣ上に作成するよう依頼したんです。そのフォルダのロックの仕方について、話をしました」

「ロック？」

事務所には神崎と清藤しかおらず、彼女が聞いてきた。

――パスワードはいつものでよろしいですか
――いつも同じって、結局、パスワードの意味がないよね
――所長が覚えきれないとおっしゃるので
――まったくね、手抜きなんだよ所長は。俺は施主に応じてパスワードを変えるけど

——どうやって覚えていらっしゃるのですか

——施主の趣味とか特徴とか、その人物を見たら一発で思い出せることにしたり

——趣味……ですか

——ところで、清藤さんの趣味って、なに？

「なにげなく聞いただけなんですが、彼女、珍しく微笑んで『夜空の絵を見るのが好きで』と言ったんです。そんな個人的な話は初めてでした」

棚橋は前のめりのまま、真剣な表情で聞いた。

「それで？」

「本を見せてくれました。いろんな画家が空の絵を描いているのをまとめた画集で、図書館で借りたのだと」

「わざわざ本を出してきたんですね」

「そんなふうに楽しそうな彼女は初めてで……そうそう、思い出した！　中野の中央図書館の司書が気さくな人で、参考になりそうな本を教えてくれたりする、と言ったんです」

——司書の男性に調べものについて聞こうと声をかけたら、その人のネームプレートが『星《ほし》』さんで、嬉しくなっていろいろ話し込んでしまいました。なんだか縁起がいいなあと思って

棚橋が目を輝かせた。

「『星』が出てきましたね。で？」

「会話はそれで終わりました」棚橋の表情が翳《かげ》ったのを見て、後悔が押し寄せる。「すみません。もっと突っ込んで聞けばよかった」

「いえ」すぐに穏やかな笑みが戻る。「彼女は夜空の絵に興味を持っていた。中央図書館の『星』さんと話して『縁起がいい』と言った。やはり〝星〟に関わることに彼女は興味を持っていた。かなり情報を得られました」

彼は立ち上がった。

「図書館の星さんという方を訪ねてみます。これで前に進めそうです」彼は大きな手を差し出した。「実を言いますと、あなたの歩き方が踊るように滑らかだと言ったのは、清藤真空さんだったんです」

神崎は一瞬固まってから、手を握り返した。

「もし指の謎が解けたら、知らせていただけますか」

承知しました、と彼は微笑んだ。

棚橋が帰ったあと、急に光が消えたように感じる室内を見渡した。

どうという特徴もないのに、なぜか心に残る人物。

一部屋に一人、棚橋を。とてもよいアイデアだが現実味がないなと苦笑した。

そして清藤真空が自分の挙措を注視してくれていたことに、なんだか照れた。

彼女が最期に示した『きらきら星』。

「どんな歌だっけ」

携帯で調べてみる。

トウィンクル・トウィンクル・リトルスター……

先輩の作った事務所を見回す。

所長を批判するだけでは、輝けない。ゼロヒャクで相手が悪いと非難するだけでは、前に進めない。

実家のこともそうだ。義母が悪いわけではない。自分が頑《かたく》ななだけなのだ。

「……たまには帰ってみるかな」

棚橋は前に進めそうだと喜んで帰っていったが、自分こそ彼に感謝しなければいけないようだ。携帯を取り出し、メールを打った。

——なかなか返信できず、ごめん。父さんの症状が落ち着いているようでなにより。くららも相変わらずだね。今週末は時間が取れそうなので顔を見にいきます。

ところで、近々会社を辞めて独立しようと考えています……

第3変奏

H氏のスティング

星正一《ほししよういち》氏は借金取りから逃げていた。

ここ三、四日、パート勤めをしている中央図書館を出ると怪しい男が待ち伏せしているのだ。声をかけられそうになるたびダッシュして、なんとか捕まらずにすんだ。

今日も帰ろうとすると、図書館の入口にその男がいる。実をいうと、特徴がないので同じ人物かどうかわからないのだが、とにかく自分を狙っている奴がいるのは間違いない。駅までの下り坂を走った。五十五歳だが逃げ足には自信がある。しかし、今日の相手はしつこく、あと少しで駅に着くところで追いつかれた。

「わわっ、かんべんしてください。次の給料が出たら利子だけでも払いますから」

その男は星氏より十歳ほどは年下だろうにすっかり息を切らしながら、立派な名刺を差し出してこう言った。

「私はただ、キヨトウマソラさんについてお伺いしたいだけなのです」

キヨトウ?

ああ、図書館利用者だ。ネクラで遠慮の塊みたいな感じの若い子だった。何回か話したことがあるが、事件に巻き込まれてお亡くなりになったんだったっけな。

星氏は『棚橋《たなはし》』と名乗る相手をじっくり見定めた。

「そういうことなら、ちょっと付き合ってくださいな」

二人が来たのは、夕闇の迫る大井《おおい》競馬場。

「星さん」棚橋は不思議そうな顔をしている。「どうしてここに来たのでしょう」

「まあまあ」実は星氏もなぜ大井競馬場に来たのかわからない。ただ、起死回生の一発逆転を狙うにはここだ、と閃いただけだ。「ゆっくり話をするには、こういう場所もいいでしょう」

先週、元嫁が珍しく連絡してきた。

――結婚式、出てもいいってタエコが言ってるわよ。ただし、お祝い金くらい持ってきなさいよ。それと、変な格好してきたら会場に入れないからね

若いころからギャンブル好きで、借金取りに追われる習性は結婚しても変わらなかった。かわいい娘が生まれたときには自堕落な生活から足を洗うと誓ったものの、そう簡単に人は変われない。他人を騙《だま》しては金をせびり、競輪競馬や賭け麻雀《マージャン》でそれを失う日々が続き、娘が中学のとき離婚と相成った。その後、たまの面会で会う娘はどんどんきれいになり、このたびめでたくお嫁にいくという。

花嫁姿を一目見たい。しかし、先立つものがない。礼服のレンタル代を調べてみたら、元嫁が納得しそうな一式は五万もする。祝い金も最低五万は包まないと面目が立たない

だろう。これ以上借りる当てもない。

今夜こそ万馬券を当て、なんとしても別れた嫁を見返してやりたい。何百万、いやせめて何十万か稼いで、晴れの門出に祝い金をたっぷり出してやり、元嫁が「アナタ、見直したわ」と瞳をハート形に潤ませるのを「うるせえ、今ごろオレ様のすごさがわかりやがったか」と足蹴《あしげ》にしてやりたい。

「それで、キヨトウさんのことですが」

「まずは馬券を買いにいきましょう。そうだ、あなたもついでにどうですか」

真面目《まじめ》なサラリーマン風の棚橋は、周囲を見回して穏やかに言った。

「競馬場に来たのは初めてです。そうですね、せっかくなので」

しめしめ。俺の分の馬券代も出させたぞ。ついでにビールも奢《おご》らせてやれ。

「キヨトウさんねえ。憶《おぼ》えているよ」久しぶりに発泡酒でない本物を飲みながら、星氏はようやく思い出す努力を始めた。「私のネームプレートを見て『星さんなんですね』と、妙に嬉しそうだったな」

「どんな話をされましたか」

「図書館が無料なのがすごい、とか普通なことを言ってたな。こういうところがあると勉強できてありがたい、いろいろ調べられるのがいいって」

棚橋は感動したようにうなずいた。

「具体的に、なにを調べていたのかわかりますか」

「夜空の絵が描かれた本を熱心に見ていたなあ」ふと思い出す。「そうそう、私の名前から発想したのか、『きらきら星はモーツァルトが作曲したのではないそうですが、詳しく書いてある本はありますか』と聞いてきたんですよ」

「やはり『きらきら星』だ」棚橋は目を輝かせた。「それで、どんな本を紹介したのですか」

「私はクラシックなんてさっぱりで。それで、たまたま通りかかったカナヤさんが芸大出身だと聞いていたので、彼女に聞いてみたらどうかと言ったんですよ」

「カナヤさんとは？」

「絵本読み聞かせのボランティアをしている地元のおばあさんです。品のいい奥様って感じの人で、キヨトウさんはその人と話していたな」

「そうなんですね」彼は考え込んだ。「カナヤさんとご連絡は取れませんか？　お聞きしたいことがあるのですか」

「いったいなんでまた」

「キヨトウさんが残したかったであろうことを、つきとめたいのです」

棚橋が手短に語ったキヨトウマソラの最期は、確かに同情の余地がある。俺だって、いつなんどきくたばっちまうかわからないぞ。

「メールアドレスは知っているから、聞いてあげましょう」もしカナヤさんを紹介できたら、お礼にいくらかくれるに違いない。「ほら、連絡しときましたよ」

「素早いご対応、ありがとうございます」

こいつみたいに好感度がダダ洩《も》れしちゃうような人間は、俺みたいな半端な人生は歩まないんだろうなあ。羨ましいなあ。

そのとき、11レースの投票締め切りを知らせる音楽が会場に鳴り響いた。

ド・ド・ソ・ソ・ラ・ラ・ソ……

「おや」棚橋が叫んだ。「この曲、『きらきら星』じゃないですか！」

「あ」星氏も叫んだ。「そうだった！」

『キヨトウさん』と聞いて無意識にこの曲を思い出し、それでトゥインクルレースに来ようと思いついたのか。

馬たちは自らに金が賭けられていることも知らず、一心に走っていく。

「いけ、いけ。5―2だ、5―2！」しかし無情にも、勝ったのは3―6。これで式への出席もパアだ。「おや、もうカナヤさんからメールの返信が。『キヨトウさんの忘れ物を預かっているので、取りに来ていただけると助かります』と」

「それは素晴らしい」棚橋は心底嬉しそうだ。「伺わせていただきます。これで新たな手掛かりが得られるかもしれない。星さん、ありがとうございます！」

無邪気に喜ぶ棚橋を見て、星氏はため息をついた。こういう奴には運が向くように世の中ができているんだなあ。カナヤさんの連絡先を外れ馬券の裏に書いて渡すと、彼は財布からありったけの札を出して「お受け取りください！」と星氏の手に握らせ、弾むように帰っていった。

二万数千円をありがたく頂戴し、さらにレースを続けたが、どれも大外れ。がっかりして帰ろうとすると、なぜか棚橋の馬券がポケットに。お札の札と一緒に渡されていたようだ。

「あっ、11レースの3―6！」

配当金は十万円ちょっと。

これで礼服のレンタル代とお祝い金になる。元嫁を見返すことはできないが、会場の隅っこで父として花嫁を見守れる。ありがとよ、棚橋さん。

それと、キヨトウマソラさんも。

星氏は競馬場を出ると、夜空に瞬く満天の星を眩《まぶ》しげに見上げてつぶやいた。

「きっときらきらとして綺麗《きれい》だろうなあ、タエコのやつ」

第4変奏

亜麻色の髪の乙女

金谷登季子《かなやときこ》はその譜面を手に取り、嘆息をもらした。

「私を過去から呼び覚ましたのはなぜ？」

痩せた指の節には皺《しわ》が深く刻まれ、腕のあちこちにはシミが浮かんでいる。もうすぐ七十歳。つまらない平坦《へいたん》な道を歩み、こんな年寄りになってしまった。あのとき彼の告白を受け入れていたら、もっと違う、ときめきに満ちた、充実した人生になっていたかもしれない……


中野の中央図書館の星正一からメールが届いた夜、登季子は珍しく独りワインをきこしめしていた。

今日は結婚記念日。なのに夫は親友の家に出かけている。小学校から大学まで共に通い、その後も趣味の釣りを通して永年交友をあたためてきた友人が、すい臓がんで亡くなったという知らせを受けたのは数時間前だ。夫の落胆はひととおりではなかった。貞淑な妻である登季子はもちろん、「あなた、行って差し上げてくださいな」と、夫を還《かえ》らぬ友との対面へ送り出した。

予約しておいたレストランはキャンセルし、代わりに大好きなチーズとキャビアとイタリアの赤ワインを買い込み、一人酒としゃれこんだ。たまにはこんな夜もいいだろう。私は常に貞淑な妻をやってきたのだから。

二杯目のキャンティを大きなグラスに注ぎ、キャビアをグラハムクラッカーにたっぷり盛り付けたとき、携帯が鳴った。夫がもう帰ってくるのかしら。

しかしメールは思いがけない相手からだった。しかも、内容がよくわからない。

キヨトウマソラという女性について聞きたいと言っている人物がいる？　その男性は彼女の仕事関係者だという。

「清藤《きよとう》さんね」

登季子は呟《つぶや》いた。たいした関わりもなかったけれど、ニュースで彼女が殺されたと知ったときの衝撃はなまなかなものではなかった。

「そうだわ。あの子の忘れ物が」

登季子は二階の寝室へ向かった。嫌だわ、少しフラフラしている。私も弱くなったものね。昔は〝酒豪〟と言われるほど強かったのに。

ドレッサーの引き出しを見るが、それがない。

「おかしいわ、どこへ仕舞ったのかしら」

言ってから、最近独り言が多いと気づく。これも年のせいかしらね。まったく、嫌になる。

鏡に映った己の顔をしげしげと眺める。全体に色素が薄い。肌は真っ白、瞳はハシバミに近いブラウン、ウェーブのかかった髪は薄茶色で、幼少期はよく「髪なんか染めて」といじめられたものだ。年頃になると、艶《つや》めく茶髪はうってかわって羨望の対象になった。「いいなあ、あたしも登季子さんみたいに髪を染めたいわ」

今やめっきりボリュームが減り、白髪染めも欠かせない。波打つような豊かな亜麻《あま》色の髪は過去のものだ。

一階へ戻り、片側一面の掃き出し窓がある廊下を歩きながらライトアップされたイングリッシュガーデンを見つめる。色とりどりのパンジーが咲き乱れ、冬が近いと告げていた。

東中野《ひがしなかの》にある金谷家は、閑静な住宅街の中でもひときわ目を惹《ひ》く広大な敷地と某有名建築家による豪奢《ごうしゃ》な邸宅からなり、近所でも有名だ。商社勤めだった夫は資産家の次男で、なに不自由なく育ったボンボン。特に魅力もないが欠点もない。昭和の亭主関白ではあるが常識的な優しさを持ち合わせ、結婚記念日は毎年二人できちんと祝ってきたし、誕生日のプレゼントも欠かさない。二人の子供は立派に育った。現在、息子一家はイギリス在住、娘一家は登季子の希望もあって、六年前に増築した別棟に住んでいる。

「このあたりに入れたかしら」

一階奥の納戸で登季子の私物が納められている棚を探ったが、キヨトウマソラの忘れ物は見つからない。鎖の付いた小さなキーホルダーのようなものだ。確か赤いプラスチックで、星の飾りが施されていて……

ロンドンのアンティーク店で求めた宝石箱を開けてみると、フェイラーのハンカチにくるまれた細長いものが見つかった。

これを忘れていった一週間後に彼女は天国へ旅立ってしまったので、遺物をどうしたらよいか途方に暮れた。捨てるのも忍びなく、かといってどこかに届け出ることもなんだか恐くて、結局、こうして仕舞い込んだのだ。一年半も経《た》って彼女の知人が会いたいと言ってくるとは。

登季子はその場で司書の星にメールを返した。その人物に持っていってもらえれば助かる。

「これですっきりするわ」

人生には区切りが必要だ。捨てるに捨てられないものを持ち続けるのは性にあわない。

ふと、棚の奥底の古びた封筒に目をやる。なにが入っているのだったかしら。Ａ４ほどのそれを引っ張り出した。

「……これは！」

衝撃が走る。

それは、登季子が若き日にきっちりと区切りをつけたはずの、ある人物の、いわば忘れ物だった。

中津川唯幸《なかつがわただゆき》のピアノは水を連想させた。

さらさらと流れるような、とりとめのない音の羅列。登季子は、なにごともきっちり固めていくことが好きだ。大学の専攻も油絵。だから、中津川の音は好みではなかった。

「すんごいステキなピアノ講師のことはもうご存じでしょ。登季子も一緒に聴きにいきましょうよ」

同級生の桜子《さくらこ》がいたずらめかした顔で誘ってきたときも、しぶしぶ付き合ってやっただけだ。

ピアノ科の教室の廊下には、うっとり顔の女子大生たちが窓にすずなりになっていた。

「ほら、彼よ、ごらんなさい」

桜子は後輩女子を押しのけて窓の中央に陣取り、室内のグランドピアノを指した。

草臥《くたび》れたTシャツを着た気難しげな顔の男が、背中を丸めて一心不乱に演奏している。

「ほんの少し、リストに似ているとは思わなくて？」

息を弾ませる桜子に、登季子は醒《さ》めた声で答えた。

「十九世紀の色男とは似ても似つかないわ」でも女子が放っておかない容貌であることは間違いない。「それに、音もまったくリストとは異なるし」

彼女は肩をすくめた。

「登季子の家は芸術一家だから、音楽の知識も豊富なのね」

両親は揃ってクラシック好きで、母はピアノ、父はヴィオラを奏でる。嫁に行った姉はフルートが趣味だし、兄は東大《とうだい》へ通う傍らヴァイオリンを奏でるのが息抜きときている。

登季子だけが、音楽よりは絵画への興味に邁進《まいしん》した。両親はさほど気にせず、嫁に行くまでのお遊びであろうと、大学で絵画を学ぶことを容認した。

登季子は画家になりたかった。藤田嗣治《ふじたつぐはる》の乳白色の裸体の絵を見て衝撃を受け、こんな美しい色を私もキャンバスに描《えが》きたいと熱望したのが中学二年のときだ。以来、一心に絵の勉強を続けた。高校では都内の学生コンクールで入賞を果たしたこともある。登季子はフランス留学を夢見たが、両親がそんな企てを許すはずはなかった。

――登季子はいいお嫁さんになるわ
それが母の口癖だった。

普段は柔和な父も子供たちの将来については厳格な規定を設けており、姉も兄も父の敷いたレールから外れることは金谷家から追い出されることだと重々承知していたので、両親の定める人生を粛々と歩んでいた。

登季子は、そうはなりたくなかった。

が、具体的になにをすべきかまでは思案が及ばなかった。しょせん、私立の女子高から父の周到な段取りのおかげもあって芸術系大学へ推薦入学を果たしただけのお嬢様だ。それをわかっていたので、他の同級生よりも少し醒めた気分で、それなりに学生生活を楽しんでいた。

そんな登季子の前で髪を振り乱して鍵盤を叩く青年は、リストというより破滅に向かったゴッホかモディリアーニみたいだ。しかし奏でられる音色は、密《ひそ》やかに心の中に染み入ってくるような、澄んだ煌《きら》めきに満ちていた。

演奏が終わると、斜め後ろに立つ見知らぬ女子がもう一人にささやいた。

「今の曲はなんていうのだったかしら。聞いたことあるけれど忘れちゃった」

「モーツァルトか、ショパンじゃない？」

ドビュッシーの『月の光』も知らないところをみると、音楽科の学生ではなさそうだ。油絵専攻の桜子も、ちらと登季子を見たきり黙っている。

「あら、ねえ！　中津川先生がこっちを見たわ」

女子たちが夢中で手を振る。

ぼろシャツを纏ったピアニストは、登季子のいる窓のほうを見ていた。ざんばらな前髪と無精ヒゲの狭間から、炯々《けいけい》とした瞳がこちらを射抜いてくる。頬が熱くなるのを感じた。

「あたしを見たのよ」

「いいえ私よ！」

数人が競ってささやきながら笑った。

だが登季子は確信していた。あの男《ひと》、私を見ている。

中津川はまたピアノに向かった。ささやくような、なめらかなメロディ。

「今度の曲も題名は知らないけれど、きれいねえ」

ほら、やっぱり。

彼が弾いたのは『亜麻色の髪の乙女』。密かに周囲を見回したが、登季子以外にはふんわりとした薄茶色の髪をもつ女性はいなかった。

間違いない。私に向けて弾いている。

三分弱の優しい音色はしっとりと幕を閉じ、廊下の乙女たちは拍手喝采した。

登季子と中津川の二人の幕は、そのときあがった。


中津川のアプローチは静かで熱烈だった。

ピアノ科の非常勤講師がたとえ他の科にせよ学生を口説くことなどあり得ないのに、彼はそんな常識を持ち合わせていないかのように頻繁に登季子を誘ってきた。

「今度の週末に二人きりでピクニックに行こう。薄給の僕はせいぜいが安ワインとクラッカーくらいしか用意できないけれど、それで大いに楽しもうじゃないか」

「せっかくですけれど」登季子はつんと顔を上げた。「週末は友達と上野《うえの》へ印象派の展覧会を観《み》に行く予定ですの」

「クロード・モネより僕のほうがずっとハンサムだよ。もっともヒゲはモネに負けるから、理髪店に行ってさっぱり剃《そ》り落としてもらってきた」

　登季子はつい笑ってしまった。

「中津川先生は外見なんて気になさらないのかと思っていました」

「ピアノを弾くのに顔の善《よ》し悪《あ》しは関係ないから、普段は気にしない。だが君がいつも見つめる相手が野暮ったいのでは申し訳ないからね」

　初めてのデートは大学の裏山でのピクニックだった。中津川はイタリアの赤ワインとグラハムクラッカーを持参。登季子は家からこっそりカマンベールチーズとキャビアの瓶詰を持ち出した。

　五月のあたたかな日差しの中、二人は丘ほどの小山をのんびり歩き、頂上に近い平地に敷物を敷いて座った。

　酒のツマミは、クラシック音楽や絵画、教授たちの悪口、流行りの映画や歌謡曲、そしてベトナムに侵攻したアメリカ軍の是非など、多岐にわたった。

　ボトルが空になるころ、中津川は登季子の手を握った。

しかし、彼はそれ以上のことを求めてはこなかった。

二人の時間は緩やかに流れていく。

ピアノ室で彼が練習をするときに、登季子がそばでスケッチブックを持ちデッサンした。

登季子が構内の庭でキャンバスに向かう隣には、気難しげな顔をして五線譜になにやら書き込む中津川が見られた。

少しずつ噂《うわさ》が広まっていたが、登季子は聞こえないふりをした。私と中津川さんは別に付き合っているわけではない。たまたま同じ場所にいたら少しおしゃべりするだけの仲だわ。そりゃあ彼は私にぞっこんだけど、決して無理強いしない。たぶん、つまらない講師生活の暇つぶしに私を追いまわしているだけよ。だって彼はいつも、こんな狭苦しい日本を飛び出してヨーロッパで活躍したいと話しているもの。


ある夕刻、彼がわざわざ家に電話をかけてきた。

「今日は夜に弾きたい気分なんだ。聴きにきてくれないか」

たまたま登季子が取ったから良かったものの父や母が受話したらどうするつもりだったのだろう。桜子の家でデッサンをすると嘘をつき、夕食後、家を出て大学へ向かった。

晴れ渡った夜空には星が狂おしいほど瞬いていた。

ピアノ科では課題発表を控えた大勢の学生が残って練習していた。誰もが自分のことで手一杯で、登季子が忍び込んだことを咎めるものはいなかった。

中津川は窓から夜空を眺めていたが、部屋に入ってきた登季子を見ると、うっとりと言った。

「君は僕のきらきら星だな」

なんて気障《きざ》なんでしょう。胸が躍った。

彼は指を鍵盤へ滑らせた。聞き慣れた旋律が流れる。

『きらきら星』

モーツァルトのものではない。彼の編曲だろう。

うっとりと聴き惚《ほ》れた。あなたこそ、私のきらきら星だわ。ここ一年で英語とフランス語の成績が格段にアップしたのも、課題コンクールで特賞を得ることができたのも、そしてこんなに綺麗になったのも、ぜんぶあなたのおかげなの。

しかし登季子は相変わらずつんと顔を上げていた。

彼の音は水のようになめらかだが一音一音がはっきりとしており、明快な意思が繰り出され、聴く者にインパクトを与えた。不世出の大学講師が奏でる『きらきら星』の七つの変奏に酔いしれた。

ラストの駆け抜けるような四小節が終わったとき、登季子は夢中で拍手をしていた。

「ただの童謡だと思っていたけれど、こんなに素敵な曲だったのね」

「もとはシャンソンなのさ」

彼は、お世辞にも上手とは言えないフランス語で歌った。

娘が母親に『好きな人がいる』とうち明ける歌詞。

そうしてほしい、というメッセージなのか。私はそんなことはしない。いや、できない。

すでに登季子の見合い相手は決まっているらしい。卒業後は世間を知るために就職したいと頑張ってみてはいるが、両親は、彼女が腰掛け仕事に飽きたころにお嫁に行かせるつもりなのだ。

彼が立ち上がり近づいた。細くて力強い腕に抱きしめられたとき、登季子は拒まなかった。

二人は、出会ってからの時間を埋めるような情熱的な口づけを交わした。

やがて離れると、彼は夜空を見上げながら言った。

「僕は来月フランスへ発《た》つ」

登季子は息ができなかった。長い沈黙のあと、彼は振り向かないまま言った。

「一緒に駆け抜けてくれないか」

急いで答えるのよ、登季子。ええ、行くわ、あなたとならどこまでも。

しかし口から出た言葉は思いとは裏腹だった。

「毎日美味《おい》しいキャビアを食べさせてくれるのなら、考えてもよくてよ」

彼は背中で笑った。

「それは難しそうだ」

振り返った彼の顔は穏やかでさみしそうだった。

「僕は必ず成功してみせる。君がついてこなかったことを後悔するくらいに」

それが二人の最後の会話だった。


インターネットもなかった当時、登季子はフランスに渡った中津川の名前を音楽雑誌などで密かに追った。

宣言通り彼は成功した。リヨンの交響楽団の指揮者兼作曲家となり、日本でも、世界で活躍する邦人として何度かマスコミに取り上げられた。

登季子は大学卒業後、三年間大手商社でＯＬをしたのち、二歳年上の男性と結婚した。二年後には長男を、その三年後に長女を出産し、絵に描いたような円満な家庭を築いていく。

あれは長女が一歳になったころだ。桜子から突然、大きな封筒が届いた。消印はフランス。

彼女の筆跡で「フランスに旅行した際に、中津川さんと会いました。登季子が結婚して二児の母になったと話すと、これを渡してほしいと言われました」とあった。

内封筒に入っていたのは手書きの楽譜。

登季子はひと目それを見たきり、封筒に戻した。

あの晩の、あの曲。

私は彼と共に駆け抜けることを拒否した。これはきっと、そのあてつけだ。僕についてくれれば一緒に成功をかみしめることができたのに、日本で平凡な主婦をやっているとはお気の毒に。

後悔が押し寄せた。どうしてあのとき、うんと言わなかったのか。なにもかも捨てて彼の夢を応援してあげなかったのか。いや、自分の夢だって追うことができたかもしれない。藤田嗣治の吸った空気を自分も肌で感じて、思う存分絵を描くことができたかもしれない。

平凡な道から抜け出せなかった自分を呪いながら封筒を仕舞い込んだ。心の中で再び彼を切り捨てた瞬間だった。

楽譜が送られてきてから四年後、中津川が亡くなったというニュースを見た。フランスに惚れ込んで住み着いていた桜子と連絡を取ってみると、彼はアルコールで身体を壊したという。音楽の成功とは裏腹に、私生活は惨憺《さんたん》たるものだった。女性問題、酒、博《ばく》打《ち》、借金。まるで生き急ぐように、彼は駆け抜けて逝ってしまった。

登季子は自責の念にかられた。もし自分が彼を支えてあげていたら。

そのときも、楽譜を見返すことはなかった。

なのに、よりによって結婚記念日を一人で祝っているときにそれを見つけてしまうとは。登季子は衝動的に納戸から持ち出したが、中を確かめることはせず、かといって捨てることもできず、時おりこっそり手にしては色あせた封筒を眺め、鬱々とした。

趣味にいそしむ夫も、共働きで忙しい娘夫婦も、登季子の悄然《しょうぜん》とした様子に気づかなかった。唯一、孫の紗英《さえ》だけが「おばあちゃま、なんだか元気ないね」と声をかけてくれた。まだ小二だが、あの子は娘よりも冷静で客観的にものを見られる。これからの女性はそうでなくては。


チャイムが鳴った。

登季子は楽譜の封筒を引き出しに無造作に突っ込み、同じく納戸から持ち出したキヨトウマソラの忘れ物だけスカートのポケットに入れ、玄関へ向かう。

私の過去を呼び覚ました疫病神が来たわ。清藤真空《まそら》の仕事関係の人だそうだが、彼女の忘れ物を持っていってもらえればそれでいい。ついでに、私の過去もきれいさっぱり持ち去ってくれないものか。

人材派遣会社の社員だという男性は、誰もが着ていそうなスーツを身につけ、ありがちな髪型で、ごく平凡な顔つきをしていた。

「棚橋《たなはし》と申します。本日はお時間を取っていただき、ありがとうございます」

声は高からず低からず、ちょうどよいテンポの話し方だ。さしずめ中津川なら「少し物足りないな」とでも形容したかもしれない。

彼は、清藤真空について聞きたいことがあると切り出した。あの悲惨な事件について記憶が蘇《よみがえ》る。

「ええ、彼女のことは覚えておりますよ」登季子は己の不幸を一旦脇へ押しやり、不運な最期を遂げた女性に気持ちを集中させた。「星さんの紹介で、図書館で話したのが最初です」

清藤真空は黒髪を後ろにひっつめ、清潔だが古びたブラウスとスカートをきちんと着て、陰鬱な空気を纏っていた。今どきの若い娘さんにしてはなんて地味なのかしら、というのが登季子の第一印象だった。

「どんな話をなさったのですか」

「最初はクラシック音楽のことだったかと」

登季子は地元の図書館で読み聞かせのボランティアをしている。孫が幼稚園に通い出して午前の時間がぽっかり空いたころ、なんとはなしに応募した。始めてみるとなかなか楽しく、紙芝居の作成なども手伝っている。

「清藤さんは遠慮がちに聞いてきたんです」

——芸術系の大学を出ていらっしゃるそうですが、モーツァルトについて聞いてもいいでしょうか

「わたくしは油絵専攻でしたので音楽はさほど詳しくないと申しますと、ひどくがっかりした顔をなされて、それで気の毒に思い、何冊か本を紹介して差し上げたの」

棚橋は希望に満ちた表情で聞いた。

「それはもしかすると、『きらきら星』についてではありませんか」

登季子の胸がチリリ、と痛んだ。よりによってそのタイトルを聞くことになろうとは。そうか、私の過去を呼び覚ましたのは、あの地味なお嬢さんだったのね。

彼女は答えた。

「ええ、思い出しましたわ。彼女はその曲に興味があるようでした。ただ、モーツァルトについての本はたくさんあっても『きらきら星』は彼の作曲ではなく変奏曲なので、資料はあまりなくて、彼女は結局、モーツァルトの伝記などを読んでいましたね」

「そうですか」

棚橋が嬉しそうな困ったような表情を浮かべたので、登季子は急に眼前の人物に興味

を持った。

「失礼ですが、あなたはどうして清藤さんについて調べていらっしゃるの?」

彼はその日初めて表情に翳りを見せた。

「私は彼女の最期に立ち会ってしまったんです」

登季子は思わず両手を握りしめた。

「中野の商店街の事件ですわね」

彼はうなずくと、そのときのことを簡潔に語った。

「清藤さんとは純粋に仕事上のお付き合いしかありませんでしたが、それでも、彼女が最期に示した指の動きがなんだったのか、突き止めたいと思ったのです」

登季子は改めて相手を見つめた。自分よりは二回り以上年下であろう。働きざかりの男性が、たまたま衝撃的な事件の目撃者になってしまったとはいえ、そこまでするとは。

「ニュースで見ましたけれど、清藤さんは天涯孤独でいらしたのよね」

「両親も親戚もいらっしゃいませんでしたし、親しい友人と呼べる人もいなかったようなのです。それで勤め先などを訪ねて、彼女が最期になにを言いたかったのか探っているのです」

平凡な顔立ちのその男性はまっすぐに登季子を見つめてくる。その瞳は、水晶のように澄んでみえた。

「あなた、いい方ねえ」

思わず漏れた感嘆の言葉に、彼は慌てて首を振った。

「まったく、そんなものではありません」

「いい方だわ。一人の人生に、真剣に向き合っていらっしゃるのだもの」

彼は悲しげに微笑んだ。

言い方が悪かったかしら。あの女性《ひと》の人生はもう終わってしまったのだから。

私は、生涯で唯一本気で愛した男の人生から逃げた。安定した生活を捨てるのが恐くて。そして今、なに一つ不自由なく生きているのに心は抜け殻のようだ。

「これまで得られた情報に基づいて考えると、やはりこの指の動きは」彼は右手を動かした。「ドドソラソ、『きらきら星』を指しているようなのです」

「彼女はモーツァルトと、それに」いろいろと思い出してくる。「絵に興味を持っていました。拙宅へご招待したのは、わたくしの描いた紙芝居の絵を見て、その描き方に感動してくださったからなの」

「どんな絵か、拝見させていただくことはできませんか」

「紙芝居は図書館に寄付してしまったけれど、ちょっとお待ちを」

登季子は一度寝室に戻り、引き出しからスケッチブックを数冊持ち上げ、急ぎ戻った。

「彼女が見たのは、ええと」

数枚の水彩画を見せた。

「夜の空の絵だ」彼はお世辞ではなさそうな感嘆の声をあげた。「きれいですね」

「ボランティアの一人が物語を考えて、わたくしが絵を描きました。星の好きな少年が、動物たちと宇宙を冒険する話です」夜空の絵が何枚もある。「清藤さんも絵を描きたいのだと言っていました」

「なるほど」ひどく嬉しそうだ。彼女に関する新たな手掛かりなのだろう。「自分で描きたいと言ったのですね」

「ええ。その様子がものすごく真剣だったので、わたくし、お誘いしたんですの」

——良かったら一度、宅にいらっしゃいな。昔は油絵一辺倒だったのだけれど、最近は水彩画を描いています。絵の具も豊富にあるわ。わたくしでよければ教えて差し上げますよ

「彼女、とても驚いた顔をして、わたくしの軽い提案をまるで天からの授かりもののように有難がってくれたわ」

「そんなに喜んだのですか」納得するようにうなずく。「彼女は頻繁にこちらにいらしたのでしょうか」

「全部で三回。最初の二回は二人で絵を描き、三回目は……そうそう、ピアノを聴きました」

「ピアノを」

棚橋が目を輝かせ、応接間の端に置かれたアップライトピアノに目をやった。

そう、あの日はうっかりして孫のピアノ家庭教師の来る日に彼女を招いてしまったのだ。

「事件が起きる一週間ほど前でした。孫娘のレッスン日だったの。それで、清藤さんがモーツァルトについて聞いてきたことを思い出して、家庭教師の……音大生の青年ですけれどね、彼になにか弾いてもらったらよいかも、と思いついたんです」

「それで」棚橋は期待に満ちた表情だ。「そのときの曲は」

「『きらきら星』変奏曲でした。彼女、聴き終わってなにか言ったわね。ええと」

——音楽って、こんなふうに連なって流れていくんですね
「連なって流れていく……ですか」

「生の演奏を初めてちゃんと聴いたそうで、とても感動した様子でした」

棚橋は考えるように視線を落とした。

「絵を描くことと『きらきら星』は関わりがあるのでしょうか。金谷さんはどう思われますか」

「夜空の絵に興味を持っていたのは確かかね」登季子は首をかしげた。「ただ、それが歌の『きらきら星』と関係があったかどうかはわかりません」

「このスケッチブックを全部見てもよろしいですか」

「どうぞ。お茶のお代わりを持って参りますから、ご自由に」

お構いなく、と言いつつ、彼は熱心にスケッチブックを見つめている。登季子は客用湯飲みを持ち上げ、キッチンへ向かった。

そういえば今日もピアノのレッスンの日だった。忘れっぽくて困る。それもきっと、日々の生活にメリハリがないからだろう。湯をわかしながらため息が漏れた。

紅茶セットを準備し応接室へ戻ると、彼が一心不乱にのぞき込んでいたのは……

登季子が息を飲んだのを、棚橋は見逃さなかった。

「ああ、失礼。スケッチブックの間にこれが。見てはいけませんでしたか」

彼の手には中津川の楽譜。まったくもって、どこまで私を責めるのかしら。

「いいのよ」登季子は冷静を装って座った。「古い友人が書いた楽譜です」

「これはもしかすると、『きらきら星』の変奏曲ではありませんか?」

棚橋は興奮気味だ。しかたなく答える。

「そうだと思います。納戸でたまたま見つけたのですよ」

「モーツァルトのものですか」

「いいえ、友人が編曲したものだったかと」

登季子の声が震えたことに、おそらく棚橋は気づかないふりをした。視線を楽譜に落としたまま、小さくうなずいたからだ。

いやだ私ったら、泣きそう。必死に気持ちを抑え、ポットからアールグレイをカップに注いだ。

棚橋は楽譜を最後まで見ると、紙のシワや端の折れ跡を丁寧に伸ばし、スケッチブックの上に置いた。

「清藤さんは納得のいく絵を描き上げたのでしょうか」

「どうでしょう」平静を取り戻し、登季子は答えた。「最後にお会いしたときは、夜から朝に移行する空の色について尋ねていましたが」

「夜空ではなく、明け方の空についてですか」

しばしの沈黙ののち、登季子はポケットに手を入れた。

「そうだわ、肝心のものを」例のものをテーブルに置く。「これが清藤さんの忘れ物です」

掌に充分納まるほどのプラスチックの長方形の平たい立方体で、ボールチェーンが付いている。厚さは一センチ足らず。赤い表面に擬人化された黄色い星が二つ、浮き彫りになっている。なにかのキャラクターのキーホルダーなのだろうと登季子は思っていた。

「彼女が座っていたソファの下に落ちていたの。またすぐにいらっしゃるからと連絡せずにいたら、あんなことになって」棚橋が震えているのに気づき、登季子は眉をひそめた。「これがヒントになりますかしら」

「ええ……さあ」顔面は蒼白《そうはく》だった。それまで発していた穏やかな空気が一変し、激しい衝撃が彼を覆ったかのように動揺している。「これを、彼女が……」

登季子は慎重に聞いた。

「それは、なんですの？」

「ＵＳＢメモリのカバー、ですね」彼の震える指がそっとそれをつまみ上げ、二つに割った、ように見えた。中から銀色の平たい四角いものが現れる。「中に本体が入っています」

銀色の部分をパソコンなどに差し込んで使い、文書や写真などを保存するものだ。登季子もそれくらいは知っている。

「そうでしたのね。かわいらしい絵柄ですし、てっきりキーホルダーかと。大事なものだったのかしら」

「どう、でしょうか」彼は登季子を見つめた。「この中身を拝見しても宜《よろ》しいでしょうか」

わたくしのものではないので、と言おうとして、棚橋の怯えたような表情にはっとした。彼は見たがっているが、自分では決断できないのだ。登季子は断言した。

「差し支《つか》えないと思います」

彼はバッグからノートパソコンを取り出すと、USBメモリを端に差し込んだ。こちらからは画面が見えないので、彼の表情をじっと窺《うかが》った。

「フォルダがひとつありますが、パスワードが設定されているようです」

「……まあ」少しがっかりしている自分に驚く。「では、やはり大事ななにかを保存していたのでしょう」強めの口調で付け加えた。「よけいに気になりますわね」

彼はしばらくじっとしていたが、恐る恐るというようにキーボードを叩いた。

「……ドドソソララソ、ではないようです。ローマ字でもダメだ」

「お誕生日とかは」

「彼女の個人情報は保管してありますが、このようなことに利用してもよいのか……」

ためらいながらパソコンを見つめる棚橋に、登季子は即座に答えた。

「わたくしからは画面が見えませんので、棚橋さんがなにをなさっているかわかりませんことよ」

つんと顔を上げつつ、彼がパソコンを操作するのを固唾を飲んで見守る。いろいろ試している様子なのに、開かずの扉はそのままのようだ。

「だめですね」彼は潔く笑った。「彼女は趣味に関することをパスワードに使ったのかもしれないのですが、私には情報がありません。これを開くのは無理そうです」

「どなたか、このようなものに詳しい方はいらっしゃらないの？」

「そうですね、ええ」彼は微《かす》かに顔を歪めた。体調が悪いのだろうか。「少し考えてみます」

応接室のドアに元気なノックの音が聞こえた。

「おばあちゃま、ただいま」紗英だ。共働きの両親を持つ少女は、帰宅すると渡り廊下でつながる隣棟の祖母のところに律儀に挨拶にくる。「……お客様?」

「おかえりなさい。こちらは棚橋さんよ」自慢の孫娘を引き合わせる。「孫の紗英です」

背筋がきちんと伸びた痩身の紗英は、紺のセーラー服が良く似合う。まるで生まれたときから着ていたかのようだ。

棚橋が、蒼《あお》い顔に笑みを浮かべた。

「こんにちは、紗英さん。おじゃましています」

「ごきげんよう」固く結んだ三つ編みが丁寧に揺れる。「おばあちゃま、もうすぐ綿貫《わたぬき》先生がいらっしゃるけど」

「ええ、わかっています。じき終わりますから」

さきほどまで忘れていたとは口が裂けても言えない。

「そう」妙にものわかりのよい七歳児はあっさりうなずいた。「着替えてくるね」

私の平凡な人生の中で唯一の輝く星。それがあの孫娘だ。非常に聡《さと》いし、ピアノも上手だ。きっとドラマチックな人生を送ってくれるに違いない。

……なんだか嫌だわ。自分ではなにも成し遂げず、孫に自分の夢を託して過度の期待を寄せるなんて。そんな女には一番なりたくないと思っていたのに。

「お時間を取らせてしまい、すみませんでした。このメモリはお預かりしてもよろしいでしょうか」

「わたくしには無用のものですので、最終的にはしかるべき方にお渡しいただけると助かります」

彼は躊躇《ためら》うように頭を下げ、パソコンを閉じながらふと言った。

「『アンダンテ』とはどういう意味ですか？」

登季子は軽く眉をひそめた。突然、なんだろう。

「音楽用語です。確か、『歩くような速さで』という意味でした」

「この楽譜の曲は」テーブル上の譜面を指す。「最後に歩くような速さになるんでしょうか」

登季子は記憶を辿った。

月夜の晩のたった一度の演奏会。彼は細い身体を激しく揺らして弾き切った。

「大昔に一度聴いただけですが、確か最後はそこそこのスピードで盛り上がって終わったと思います。歩くような、という感じではなかったわ」

彼はじっと楽譜を見つめながら続けた。

「金谷さんのお名前は、トキコさんですか？」

「はい」確か苗字《みょうじ》しか名乗っていないはずだ。「星さんから聞いたのですか」

「いえ、ここに」楽譜の最後のページを開き、曲の終わり部分の余白を指さした。「『アンダンテ、トキコ』と。他のインクとは違う色で書かれているようなので、あとで書き足したのではないでしょうか」

　棚橋から楽譜を受け取ると、少し濃いインクで書かれたその文字を見つめた。

『Andante TOKIKO』

「この端の部分が折れて見えなくなっていたので、失礼ながら折り目を戻してみたところ、この文字が」

　登季子は震えた。これは……

　まごうことなき中津川の文字。

　躍るような音符の色は、あの晩の甘酸っぱい切なさを漂わせるセピア色に変色していた。しかしその十三文字は、力強いブルーブラックのインクではっきりと刻まれている。渡欧する前の不安に満ちた筆跡ではなく、成功して、なお夢を追う男が書き残した希望の文字。

　その意味は。

――歩くような速さで進めばいいよ、トキコそんな声が頭の中に響き、登季子の胸は熱く燃えた。

桜子から私の消息を聞いたときに、彼はこれを書いたのではなかろうか。結婚して子供をもうけ平凡な人生を歩んでいることを、私が後悔しているのではと心配してくれたのではないだろうか。

都合の良すぎる解釈だろうか。しかし、わざわざこの楽譜を桜子に託した理由が、ずっとわからなかった。自分の成功を見せびらかしたかったのだろうと卑屈にとらえたが、本来、そんな人ではなかったはずだ。自分には厳しかったが他人には限りなく優しかった。

――僕は駆け抜けていくが、君は君の人生を着実に歩めばいいんだ。君の幸せを祈っているよ

几帳面な筆圧の強い文字がそう語りかけてくるような気がして、登季子は思わず落涙した。色あせた譜面を、節くれ立った指で慈しむように撫でる。

棚橋は、なにも言わず微笑んでいた。

登季子は深く一礼すると、言った。

「取り乱してごめんなさい。古い記憶が新しく書き替えられたものですから」

彼はまるですべてを知っているかのようにうなずいた。

「私は今回『きらきら星』についていろいろと調べてみて思ったのですが、『ドドソソ

ララソ』というごく単純なメロディが様々なドラマを内包しているのだと気づかされました」彼の語り口は、中津川の音のようにさらさらと登季子の心に注いだ。「誰もが、暗い道に希望を指し示してくれる『きらきら星』を求め、また誰もが、誰かの『きらきら星』になり得る」

いやだこの人ったら、なんて上手《うま》いことを言うの。疫病神じゃなくて救いの神だったみたい。

中津川は私の幸せを願ってくれていた。だから私はこの先も、平凡で安泰な生活をしっかりと生きていかなくては。

また感情が溢れてきそうになるのをようやく抑え、登季子は言った。

「清藤さんにとっての『きらきら星』、突き止めてみたいわね」

この楽譜に再びめぐり合わせてくれた清藤真空に、心の中で感謝した。

登季子は背筋を伸ばすと、去ろうとする棚橋に言った。

「棚橋さん、これから孫のピアノの家庭教師が来るの。彼ならこの譜面を弾けると思いますし、相談してみてはいかがでしょう」

第5変奏

音大生の鐘は鳴る

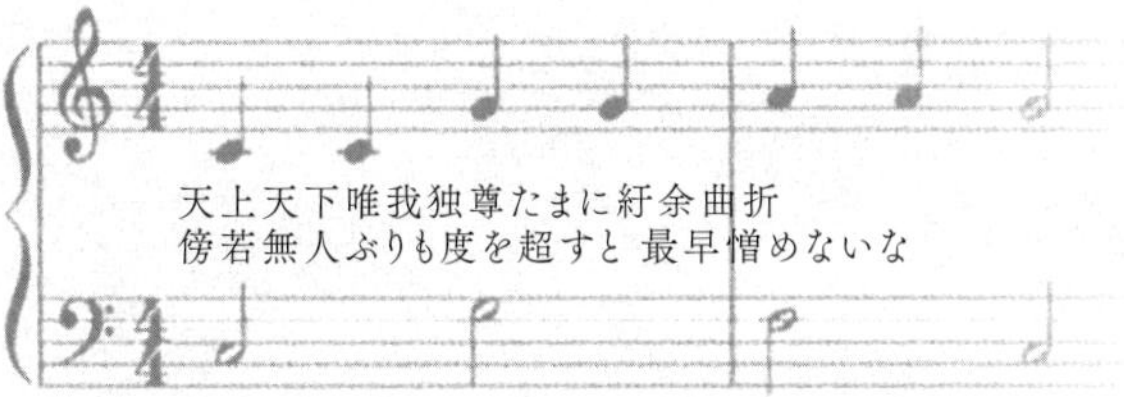
天上天下唯我独尊たまに紆余曲折
傍若無人ぶりも度を超すと 最早憎めないな

綿貫星斗《わたぬきせいと》は人生の危機に直面している、と真剣に悩んでいた。もうすぐ二十歳《はたち》（つまり立派な大人）になってしまうのに、まだ童貞を捨てられていないからだ。

星斗は世の中の理不尽に向かって叫ぶ。

「ボクは天才ピアニストでルックスもいいのに、なんで彼女ができないんだ！」

ピアノの才能と彼女ができるかどうかに因果関係はない、ということに本人は気づいていない。

自画自賛してしまう性格がモテない原因であることにも気づかない。

おまけに〝彫りの深い顔立ちとキュートさを残したコンパクト体型〟との自負は、他人の目には〝濃すぎる童顔とずんぐりむっくりの締まらない体型〟としか映らない、ってことにも気づかない。

なぜモテないのかは世界七不思議のひとつ。ああ彼女が欲しい。そしてあんなことやこんなこともしたい。

おまけに今は金欠。レイカが喜びそうなプレゼントをゲットするチャンスを逃してしまいそうだ。なんとかならないものか。

ニキビの凸凹が残る頬を指でなでなでしながら、星斗は悶々《もんもん》とした。

平凡なサラリーマンの父とパート勤めの母を持つ星斗の才能を見出《みいだ》したのは小学校時代に通ったピアノ教室のおじいさん先生だった。両親とも音楽の素養は皆無だったが、三十年ローンを組んで購入した建て売り住宅の隣家（基本は同じ造りだが、メールボックスや窓枠やドアノブが綿貫家より高級）の娘がピアノを習い出したのを見て、見栄《みえ》っ張りの父が息子にも習わせようと言い出し、ノリのいい母が近所のピアノ教室を探してきた。

某有名交響楽団の元コンサートマスター（すべて自称）のおじいさん先生は、とりあえず褒めときゃ一年は通うだろうという目論見《もくろみ》で「息子さんは絶対音感をもった逸材かも」と星斗を絶賛してみた。両親は、打算的なピアノ教室経営者の口車にまんまと乗せられて大感激し、我が子の才能を信じてせっせと月謝を払い続けた。

おじいさん先生は運がよかった。星斗は本当に〝逸材〟だった。

まず、七歳にしては手が並外れて大きかったのでオクターブを難なく押さえることができた。国語の教科書はまったく読めないくせに楽譜はすらすらと読み解き、オタマジャクシを即座に音に変換して周囲を驚かせた。さらに、他の子が泣いて逃げ出す難曲をいとも簡単に弾きこなし、感情を込めろと指導すると聴衆が感涙する美しい音色を出してみせた。

両親は一大決心をしてさらにローンを組み、グランドピアノを購入して狭いリビングに押し込んだ。以来、細長いテーブルに三人横並びして壁を見つめながら食事するはめになったが、誰も気にしなかった。

おじいさん先生の一世一代の奮起と、両親の血と汗の結晶である高級ピアノと、本人の並外れた自己肯定感と大きな手は、コンクール小学生部門における上位入賞の常連になるという成果をもたらした。

ピアノの申し子。モーツァルトの再来。神童。

両親はそんな褒め言葉に酔いしれ、身を粉《こ》にして働き、かわいい我が子のピアノのためには出費を惜しまず、自分たちはろくに服も買わず旅行も行かず、ただひたすら息子が高名なピアニストとして世に羽ばたくことを願っていた。

おだてられると伸びるタイプの星斗は、ぐんぐん成長した。モーツァルトもショパンもリストも彼にかかればお茶の子さいさい。ひとたび鍵盤の前に座ればとてつもないオーラを放ちまくった。誰もが彼の音に酔いしれる。中学でも高校でも彼はヒーローだった。あくまでも音楽室の中だけだったが。

両親は、息子が高校生になっても小五に見間違えられる事実に目をつぶり、女の子の影ゼロにも気づかないふりをし、ただひたすら彼の音楽を応援した。親戚一同から借金をし（「星斗が有名になったら必ず元がとれますよ」）、狭いリビングを防音にして家庭教師を雇い、地方のコンクールにもエントリーを重ねた。十六歳のときにはポーランドにまで遠征した。まったく外国語の話せない両親は足手まといでしかなく、星斗の片言の英語でわりとなんとかなったという珍道中だった。

両親の涙ぐましい努力は実をむすび、見事、彼は日本でも指折りの音楽大学へ。

大学でも当然ピアノに邁進すると両親は固く信じていたが、恐ろしきかな自由あふれるキャンパスライフ、これまで友達付き合い皆無だったため真面目で規則正しい生活を送ることができていた童顔の青年は、ついに、道を踏み外す〝元凶〟に出会ってしまった。

元凶は、オンナノコの姿をしていた。

「あたしは北大路《きたおおじ》レイカ。あなた、綿貫星斗くんだよね。コンクールで見たことある。よろしくね」

何回目かの授業のあと、その美少女は快活に話しかけてきた。

長い髪を器用に編み込んで一つにまとめ、長い睫毛《まつげ》をバサバサとゆらし、長い指をひらひらさせながら歌うように話す。星斗より少し背が高いかもしれないレイカの脚はモデルのようにまっすぐで、思わずうっとり見惚《みと》れてしまった。

星斗とて女性と話したことがないわけではない。例えば、隣家の山田聡子《やまださとこ》とはしょっちゅう連絡を取り合っている。あやつは恐ろしいほど譜面通りに正確に弾く。星斗の情緒あふれるメロディの対極にありながら、小学校時代からあらゆるコンクールで金賞を競い合ってきたものだ。しかし聡子は棒切れみたいな身体と分厚いゴワゴワの黒髪とそばかすだらけの頰をもち、北大路レイカと同じ範疇《はんちゅう》に分類される生き物だとはとうてい信じられなかった。

レイカは美人なだけでなく、自分ほどではないがピアノの才能もあると認めざるを得なかった。彼女の音は明快で、まるで強い意志を持って放たれているかのようにまっすぐに心に届いてくる。星斗はレイカに恋をした。

残念なことに彼女の魅力に気づいたのは彼ひとりだけではなく、取り巻き男子が常に群がっていた。

しかし自信家の星斗は舞い上がっていた。

彼女はわざわざボクに話しかけてきた。つまり、気があるってことさ。

レイカは特定の彼氏をつくる様子はなく、大学生活を大いに楽しんでいるように見えた。

「卒業してプロになるかは決めていないわ。楽しく弾ければそれでいいって感じ。人生は一度きりじゃない？　ピアノに捧げて終わるなんてまっぴら」

星斗はあっという間に感化され、両親の期待そっちのけで「楽しく弾ければそれでいい」方針に切り替えた。

毎日ピアノに十数時間向かうことが当たり前だった星斗の人生を、ピアノ以外のものが次々と侵食していく。レイカや取り巻きの男子学生たちから教わったありとあらゆる娯楽に触れることは、箱入りピアニストにとってかなり刺激的だった。Ｊポップ、アニメ、漫画、そして……ゲーム。

入学時にトップを誇っていた綿貫星斗の成績は、じわりじわりと落ちていく。一方で、星斗のライバル山田聡子は学内コンクールで優勝し、一躍時の人となった。そのコンクールに出た星斗は入賞もできず「オワコン」とささやかれた。ついでながら、北大路レイカも三位入賞を果たし、ネットでその美貌を称賛され、その後、メディアに多く取り上げられていく。

コンクールで入賞を逃したことは両親を青ざめさせた。星斗はまことしやかにのたまった。「今は自由な空気を吸うことが必要なんだ。天才にはそういう時があってしかるべきなんだ」自分でもそう信じているから余計にたちが悪い。両親は息子の言葉を真《ま》に受け、授業料を必死になって払い続け、いつか我が子が超一流のピアニストになることを引き続き夢想した。

そんな親の気持ちは放《ほ》ったらかしで、息子は自堕落な生活に嵌《はま》っていく。最近は課金ゲームに溺れていた。

レイカが「これが面白かったよ。綿貫くんはもうやった？」と言えば、必ずそのゲームを始めた。元来凝り性なので、一度嵌るとどこまでもやり続ける。当然、課金の額はうなぎのぼり。

ピアノ家庭教師のバイト代はすべてゲームに吸い取られた。それでも足りなくて親に「楽譜を買う」「参考書が必要で」と小遣いをせびったが追いつかず、学生カードローンに手をつけた。借りられる金額はたかが知れており、当然返済に追われる羽目に。アルバイトを増やし、なんとかかんとか利息だけ払い込むという泥沼へ。

二年の夏休み明けのある日、ゴワゴワ頭の山田聡子に呼び出された。

「どうしちゃったの」幽霊みたいに蒼白い頬を珍しく少し赤らめて、怒るように言った。「星《セイ》ちゃんのきらきら輝くような美しい音は、どこにいっちゃったのよ」

うるさい女だ。いや女の部類にも入らない。つい、嫌みを放つ。

「聡《サト》ちゃんの機械みたいに正確で感動のない音は、ますます磨きがかかっているようでなによりだよ」

彼女は傷ついたような表情を浮かべた。おいおい、なに様だよ。

そりゃあこの間のコンクールでは正確無比なタッチに加えショパンの繊細な揺らめきを情緒たっぷりに歌いあげていたが、そんな褒め言葉は調子に乗るから言ってやらないのだ。

「セイちゃんは北大路レイカさんに騙されていると思う！」馬鹿なことを。「男子たちと話しているのを聞いちゃったの。大河原《おおがわら》教授のお気に入りになるには綿貫くんが邪魔だから、蹴落としてやるって」

レイカがそんなこと考えるはずない。ひょっとして聡子はボクのことが好きで、ヤキモチを焼いているのか？　気持ち悪い。星斗は彼女を完全に無視した。

しかし心は晴れなかった。このごろいろいろが上手くいかない。なにより、ピアノが楽しくない。誰も称賛のまなざしを向けてくれず、ストレスがたまる。

そもそも、なんでピアノなんかやっているんだっけ。あの両親の安易な思いつきのせいだ。

家にいたくなくて、できるだけ大学内で過ごした。

しかし、きらびやかな音大生の実態に触れるとストレスは上積みされた。

「母のティーパーティで軽く演奏をしましたら、指揮者の大澤一郎《おおさわいちろう》さんにお褒めの言葉をいただいて」「そのパーティ、日本フィルにいるホルン奏者の僕の叔父も出席したと言っていたよ」

「今年のショパンコンクールも非常に感動的だったよ」「ワルシャワの人たちはピアニストに親切よね。私も四年前に行ったときには楽しかったわ」

明後日の利息の支払いに心痛めているボクにひきかえ、こいつらの呑気《のんき》なことといったら。ああ、世の中は不公平だ。

かてて加えて、レイカは最近冷たい。デート（と星斗が考えているもの）に誘っても、のってこない。二人きりで話したいのに取り巻き連中がぜったいに離れない。最近は話題も限られていて、ゲームかアニメだ。

今日は、彼女が大好きだというアニメの話題を星斗から振ってみた。

「綿貫くんも好きだったんだ。『星屑《ほしくず》のシャイナー』が最初に流行ったのって子供のころだけど、ずっと見てた？」

「いや、最近知ったんだよ。レイカちゃんが好きだって聞いて」

「あたし、けっこうグッズも集めたんだけど、今は売ってないのよね。シャイナーとブライトンのツーショットが描かれたやつは超レアなの。この前ネットオークションに出ていたのに買いそびれちゃって。もし綿貫くん手に入ったら、くれる？」

「もちろん」ネットで買えるのか。だったら……「あ、それうちにあったかもしれないな」

「え、ほんと？」レイカが嬉しそうな顔をした。「あたし、ほんとにブライトン好きだったのよね～。ありがとう、楽しみ！」

彼女のまじりけのない（と星斗には映った）愛らしい笑みに酔いながら、さてその超レアグッズを急いでネットでゲットせねば、と携帯を取り出す。ごく短期間にしか販売されなかったグッズはどれもプレミアがついていた。主人公シャイナーと、一瞬しか登場しなかったのになぜか大人気の宿敵ブライトンのツーショットのバッジがあったが、なんと五万円。金欠の星斗には買えない。

「うちにあったかも」なんて言わなければよかったと後悔しながら、重い足取りでバイト先へ向かう。

東中野は、江戸時代に将軍が鷹狩《たかが》りの際に休憩されたとかの由緒ある土地だそうで、現在も立派な邸宅が立ち並ぶ住宅街がある。そのなかでもひときわ豪奢な金谷《かなや》邸の前に立ち、星斗はため息をついた。

去年、音大生になって最初の家庭教師についたのがこの金谷家だ。小一の女の子にピアノの基礎を教えるなんてちょろいのちょい、楽して稼げる、と意気揚々とバイトを始めた。

金谷紗英《さえ》ちゃんはかわいらしくて頭のいい子だ。きっちり結ばれた三つ編みがいかにもお嬢様な雰囲気を醸しているが、性格はしごくクール。

「パパもママも自分の仕事に誇りを持っているの。だからあたしも将来、きっちり自分の道を進むつもりです」

星斗はこっそり舌を巻いた。人生のビジョンをしっかり持つ小学生。自分はこれくらいのころ、親に言われるままひたすらピアノを弾いていた。それ以外の選択肢がなかったからだ。仮にもっと裕福な家に生まれていたら、才能に満ちあふれているボクには別の道もいろいろあったに違いない。

もし選択肢がピアノ一択だったとしても、せめてこんな金持ちの家に生まれたかった。せせこましいリビングで母が息を詰めながら内職のシール貼りをする横でラフマニノフの『鐘』を弾いていると、自分の演奏に自分で心酔してしまい、己の不幸を嘆きすぎ、すっかりユウウツな気分になるのだ。

紗英ちゃんは、貧乏男との駆け落ちなどという愚かな選択さえしなければ一生お金に困らない豊かな生活が送れるだろう。羨ましい。

玄関のインターフォンを押しながら「バイト代前借り」なんてことが頭の隅をよぎる。図々《ずうずう》しい星斗はそれがいいアイデアのような気がしてきた。よし。

即座にドアが開いて紗英が出迎えた。

「先生、お待ちしてました」

かわいらしい顔にニンマリと不敵な笑みを浮かべる。何歳であれ強くてかわいい女に弱い星斗は、なぜか嫌な予感を抱きつつ中へ入った。

ピアノは一階の広々とした応接室に置かれている。金谷家のヤマハＳＵ７はアップライトの中でも最上級、調律も完璧なので下手なグランドピアノより音がいい。

室内はサロンと呼ぶにふさわしいゴージャスな内装。赤い本革のソファは常にツヤツヤ輝いているし天井からはバカラのシャンデリアがぶら下がっている。ここでラフマニノフを弾くとしたら協奏曲第二番を独奏で。さぞ壮大な響きになるだろう。

サロンの画竜点睛《がりようてんせい》は、ソファに鎮座まします紗英の祖母。女王の風格を持つ金谷夫人の存在は、室内の豪華さを三割増しにする。

「お待ちしておりましたわ」

今日の女王はなぜか威圧も三割増しししている。ちょっぴりコワくなって「バイト代前借り」はまたにしようと即断する星斗。

白地に青い花模様がついたティーセットが仰々しくテーブルに用意されている。供される菓子はいつも美味しい。今日は小川軒《おがわけん》のレイズン・ウィッチ。しめしめ、大好物。

金谷夫人の向かい側には平凡そうな中年男性がちんまり座っている。中世ヨーロッパの貴族の城に間違って迷い込んだ、成績ビリの幼児用教材セールスマンといった風情だ。

「こちらは棚橋《たなはし》さんとおっしゃるの。わたくしのお客様です」

彼が丁寧にお辞儀をしたので、星斗も軽く頭を下げ、隣に座った。

彼の前に置かれたノートパソコンをなにげなく見た星斗は、思わず叫んだ。

「……これはっ！」

パソコンの脇に差し込まれているＵＳＢメモリのカバーについている模様は、まごうことなきシャイナーとブライトン！　なんというめぐり合わせ。

このオジサン、そうは見えないがアニメオタクか。それとも価値を知らずにたまたま持っているのか。さりげなくねだって譲ってもらえないものか……

星斗は夫人が淹れた紅茶を遠慮なくがぶ飲みし、一つめのレイズン・ウィッチに手を伸ばしながらＵＳＢメモリのカバーをゲットする方法を頭の中でぐるぐるシミュレートした。

「綿貫先生」マダムがなぜか興奮した様子で前のめりになっている。「今日は弾いていただきたい楽譜があるのですけれど、初見でも構いませんかしら」

誰に向かって言ってるんだ。

「ノープロブレム。どんな曲でしょうか」

差し出された楽譜は手書きだ。醤油《しょうゆ》色に褪《あ》せ、端があちこち折れ曲がっている譜面は五枚ほどあった。タイトルは書かれていない。

「『きらきら星』か」さっと目を通す。「モーツァルトとは違うようですね。あっちは十二変奏ですから」

金谷夫人は、さすがね、というように顔を上げた。

「これを、こちらの棚橋さんに聴いていただきたいのです」

男性は名刺を取り出した。人材派遣会社の社員だという。

このオジサンのリクエストか。まてよ、弾いてやったお礼にあのカバーをくれと言えばいいんじゃないか。こいつはラッキー。

夫人が続けた。

「この方、清藤真空《きよとうまそら》さんのお知り合いなの。ほら、昨年、綿貫先生もお会いになった」

誰だっけ？　……ああ、事件があったな。

「ニュース見ましたよ。自殺できないでいたらナントカの神に『人を殺せば死ねる』とささやかれた、って主張した犯人にメッタ刺しされて殺されちゃった人ですね」

星斗には悪気はないが常識もない。夫人と紗英はそのことをよく知っているので、中年男性に気遣いの視線を送る。彼は愁いを帯びた表情でうなずいた。

「清藤さんは弊社の派遣社員でした。そして、私は彼女の最期にたまたま立ち会ってしまいまして」

オジサン、死ぬ瞬間を見たのか。さすがの星斗も落ち着かない気分になった。

無差別殺傷事件後、被害者と面識があったことを大学の連中に自慢した。「びっくりだよ、ピアノを聴かせてあげたんだけど、まさかその一週間後に殺されちゃうなんて」しばらくの間、友人たちから質問攻めにあい、ヒーローになったみたいでかなり気分がよかった。

なのに今ごろ被害者の関係者とご対面してしまうとは、ちょっぴり後ろめたいじゃないか。しかし、そいつがシャイナーとブライトンを持っている。これは凶か吉か。前向きで自己中の星斗は吉のみを採用し、手元の楽譜を改めて見つめた。とにかくこれを弾けばグッズが手に……

　なんだ？　このメロディ。

「先生覚えていらっしゃる？　清藤真空さんがいらしたとき『きらきら星』を弾いてくださったわよね」そうだっけ。よくリクエストされる曲だから、ここで弾いたことは覚えていない。「差し支えなければ、すぐに始めてくださいますかしら」

　ああ、始めるとも。しかしこんな『きらきら星』は初めてだ。最初の正調以外に七つの変奏だが、どれも個性的だ。そしてかなり、いや、とてつもなく難しい。

　星斗は夫人を上目遣いに見た。

「これは、誰が書いたのですか？」

　彼女は感極まったようにうなずく。

「古い友人です」

　おおかた昔の恋人かなんかだろう。ばあさん、若いころはきれいだっただろうし。

　しかし、これはやっかいだ。

　妙な緊張感が星斗を包み込む。見回すと、六つの目が期待に輝いてこちらを射抜いていた。大聴衆の前でも動じたことなどないのだが、手に汗がにじむ。

　大丈夫、ボクなら弾ける。自分にそう言い聞かせ、勢いよく立ち上がるとピアノの前に座った。

楽譜を、今にも崩れて消えそうな古文書を扱うような慎重さで譜面板に並べる。

いつもはやらないが、両手を握ったり開いたりしてみた。

落ち着け。とにかく譜面通りに弾くのだ。どうせ素人相手だ、流して弾けばいいだけだ。

いつものように一度目を閉じると、肩をかくんと上下させたのち、やおら弾き出した。

最初はモーツァルトのものとほぼ同じだ。明るく優しく、ドドソララソ……ミレドレーミドーのトリルは滑らかに一音一音を弾ませるように。ここは捻《ひね》らず素直に弾いていく。

第一アレンジは、きらきら感が強くなる。恋をする少女の憧れや戸惑い、前に進もうとするけなげな様子を思い浮かべながら、歯切れよく弾いていく。高音の八分音符はあくまでも流れの中でさりげなく、輝くように、光を放つように。

二番目はややメロウに。少し大人びた表情で和音を響かせ、左手は豪華になるように、熱情を込めて。そう、大人になって独り立ちして、でもどこか前に進みきれないような、心が揺れるような、そんな雰囲気で。右手は弾ませ、ベートーヴェンのように、力強いがどこか自分の運命を悟るような壮大さで。

三番目は急に軽くなる。まるでスウィング……いやラグタイム。夕暮れ時の寂しさと期待感、どこかで誰かが合図のメロディをかき鳴らす。さあこれからお楽しみの始まりだよ……

星斗の額に汗が噴き出ていた。躍るような音符を必死に追い、脳内では次のメロディを目まぐるしく解析し、どのように表現すべきかとっさに判断する。危うい。でも楽しい。こんな変奏曲は、なにしろいい。

小学生のときに初めて協奏曲を弾いたときのワクワク感がよみがえる。中世の宮廷で王侯貴族を前に得意のメヌエットを披露するモーツァルトもこんな気持ちになったのかもしれない。

色褪せた音符が過去から挑んでくるような緊張感。

このまま時空を超えて、きらきら星が瞬く宇宙へ飛び立つような高揚感。

星斗は一心に弾き続けた。四番目はノスタルジックに、五番目は勇ましさの中にもユーモアを忘れない軽快さを……

もっと、もっとボクに音を与えてくれ！

なんだこの音型、かんぜんにショパンじゃないか。ここにぶち込んでくるとはすごすぎる。駆け抜けろ、軽やかに、飛ぶように。

ラストは最高潮。

カデンツァ。速いぞ。指がもつれそうだ。いやボクなら弾ける。あっ、ミスった。このやろ。走れ、走れ、ラストに向かって……

ありゃ。

なんで最後にアンダンテ？

それも四小節だけ……

やや尻切れな感じで弾き終わる。

静寂。

のち拍手喝采。

星斗はぼんやり振り返る。

「す、すばらしいです！」

オジサンが直立して猿のおもちゃみたいに激しく手を叩いている。紗英ちゃんの顔は真っ赤だ。そして金谷夫人は泣いていた。

思わず立ち上がり、リサイタルの終わりのように深々とお辞儀をした。

今のはなんだったんだろう。

こんな興奮は久しぶり、いやひょっとすると初めてかも。

足元から震えが全身に回ってきた。プルプルと振動している自分の指を見てびっくりする。そして脳内はさきほどの音符で埋まっていた。口を開いたらオタマジャクシが飛び出てしまいそうな気がして、思わず手で口を押さえる。

「ありがとうございます」棚橋はまだ拍手していた。「『きらきら星』ってこんなにすごい曲だったんですね」

星斗も心中でつぶやいた。ボクも知らなかったよ。

「先生」紗英も興奮して、見たこともない笑顔で言った。「すんごくステキだった！」

これくらい当然だ、と言おうとしたのに、代わりにこう答えていた。

「……ありがとう」

星斗はそのまま帰ろうとした。大学に戻ってピアノに向かいたい。

「せんせい」紗英がきょとんとして星斗の腕を摑《つか》む。「レッスンはこれからですよ」

そうだった。

「もう一杯お茶をどうぞ」夫人はすっかり舞い上がった様子でお代わりを注ぎ、立ち上がった。「村上開新堂《むらかみかいしんどう》のクッキーも開けようかしら。待っていらして」

星斗は再び棚橋の隣に座り込んだ。ぐったり疲れ、頭の中は今にもバーストしそうだ。

手に持ったセピア色の楽譜を眺める。

こんな変奏曲を、自分も作りたい。そんな熱い想《おも》いがふつふつと湧いてきた。

「あの」隣の中年男が控えめに声をかけてくる。「綿貫さんは清藤真空さんと会ったときに、どんな印象をもたれましたか。なにか話をされましたか」

ようやく我に返り、星斗は彼を見つめた。

この男はなんでここにいるんだっけ。請われるままにピアノを弾いたが、どういう意味があったのかね。

「清藤さんの印象ねえ」

——どんよりした雰囲気で、『鐘』がバックに流れていそうな

——世の中の不幸を一手に背負っているような

——そういう人って、自分から悪いもの呼んじゃうんだろうな……

事件のあとレイカの取り巻き連中に安易に語ったこっぴどい人物評を思い起こし、星斗は唇をそっとなめた。

「えーと、モーツァルトというよりラフマニノフみたいな雰囲気でした」オジサン、ぽかんとしている。よし、煙《けむ》に巻けたぞ。「話はほとんどしなかったなあ」

そうだ、ひとつだけ覚えている。供された栗《くり》入りパウンドケーキの美味しさに感動した様子の彼女が、どこのなんというお菓子かそっと聞いてきたのだ。金谷家のおやつのことならなんでも知っているボクは、即座に答えた。

——広尾《ひろお》の天現寺《てんげんじ》カフェの『栗のテリーヌ「天」』。一本一万円強です

彼女は衝撃を受けたような顔で、膝の上のバッグを落として毛足の長い絨毯に中身をぶちまけていた。慌てて拾い、メモとペンを出して顔を赤らめていたっけ。

——今度バイト代が出たら買っていってあげよう

かなり貧し……いや慎《つつ》ましい生活をしているようだったから、高額ケーキを誰に買っ

ていくつもりだったのかな。まあいいか、これは話さなくても。

金谷夫人が戻ってきてクッキーを並べながら、棚橋が『きらきら星』を追っている経緯を説明してくれた。

「今際《いまわ》の際《きわ》に残した指の動きの謎ですか。まるでミステリーだな」

「彼女が最期に示したことがモーツァルトの『きらきら星』だとしたら」棚橋は深刻そうに言う。「そこにはいったいどんな意味が隠されているのか。綿貫先生はなにか思いつくことはありませんか」

オジサン、あの暗そうな女性が好きだったのかな。まあボクには関係ない。

「あの」紗英が小さく手をあげた。「話してもいいですか？」

金谷夫人が大仰にどうぞ、と促す。少女は慎重に口を開く。

「あの人、先生のピアノを聴いたあとあたしに向かって興奮した様子でささやいたんです。モーツァルトは音がきらきら輝いている。自分もそんなふうにきらきらしたものを表現できたら、って」

棚橋が目を見開いた。

「『表現できたら』……そう言ったんですか」

「あなたもピアノを弾くの？　と聞くと、慌てたように首を横に振っていました」

「清藤さんもピアノが弾きたかったのかしら」

夫人の言葉に、紗英は首を振った。

「それならもう少しピアノに触ったりしたと思うけど、ぜんぜん近づかなかったから違うと思うわ」

お、紗英ちゃんサエてる。なんてな。

「では、彼女の興味はピアノを弾くことではなく、モーツァルトの曲そのものだったようね」夫人が品よく人差し指を顎に当てた。「そうだわ、綿貫さんにもご意見を伺いたいのだけれど、モーツァルトに関わる言葉でパスワードを作るとしたら、どんなものが考えられますか」

星斗は目をぱちくりさせた。

「パスワード？」

棚橋が、例のUSBメモリが差されたノートパソコンを開いた。

「実は清藤真空さんが持っていたUSBメモリの、フォルダが開かないんです」

「そのメモリ、清藤さんのだったんですか！」

「ええ」棚橋は答えた。「カバーは私が彼女に差し上げたものなんですが」

思わず身を乗り出す。

「どこで買ったんですか」金谷夫人が怪訝《けげん》そうな顔をしたので、慌てる。「いや、珍しい模様だなと思って」

棚橋はなぜかすまなそうに言った。

「こういったキャラクターグッズを集めていた時期がありましてね。このアニメのグッズ化を請け負った会社の人とたまたま知り合いまして、試作品として作ったものだそうで、それでいただいたんです」

試作品だなんて、超レア物だ。

しかし、もうさほど欲しいと思っていない自分に気づく。なぜだろう。

ゲームやアニメや北大路レイカより、今はピアノが弾きたくてたまらない。なにしろボクは天才だ。さっきの変奏曲よりももっと壮大で感動的な曲をばんばん作曲するぞ。創作意欲がもくもくと湧いてきた。

じっくりと思考を巡らせる。

山田聡子の言う通り、レイカはボクを潰そうとしていたのかもしれないな。そういえば近づいてきた感じがなんだか怪しげだった。ボクが練習しようとするとわざと邪魔してきたこともあったような。才能への嫉妬だ。なにしろボクは天才だから。

思い込みの激しい星斗はレイカに恋をするのも早かったが、超ポジティブで自己中なので切り替えもあっという間だ。

馬鹿らしい。この一年半はなんだったのか。

隣に座る中年男が悲しそうに首を振るのを、ぼんやり見つめた。

「フォルダを開けるため清藤さんの誕生日などいろいろ試してみたのですが、ダメでした。彼女がどんなパスワードを設定したのかわからないのです」

「パスワードか……」

星斗は珍しく他人のために真剣に考え込んだ。「どんより」とか「不幸」とか清藤真空のことをあしざまに言ってしまった罪悪感も手伝ってのことだ。

ボクは天才なんだから、こんな謎くらいちょちょいっと解けるに違いない。

「もしそのフォルダが『きらきら星』と関係しているなら」星斗は長い指を突き出して断言した。「モーツァルトに関連したものがパスワードなんじゃないかな」

「モーツァルトの誕生日とか、なにかの記念日などでしょうか」

凡人の考えそうなことだが、さてどうだろう。

「普通、そういうパスワードは数字とローマ字をまぜますよね」

「確かに」棚橋はパソコンを星斗のほうに向けた。「こういう画面なんですが」

星斗は画面をのぞき込んだ。文字数は不明だ。

しばし考え込んだのち、打ち込んでみた。

K265
開かない。

棚橋が不思議そうに見ている。

「短すぎるか」

ＫＶ２６５
これも開かない。

Ｋ２６５３００ｅ
ダメだ。

ＫＶ２６５３００ｅ
「あ……っ」全員が星斗を食い入るように見つめていた。「……開いた」

ワード文書がひとつだけ。

タイトルは『きぼうえんのキラキラ星人《せいじん》』。

星斗はクリックしようとして、さすがに恐くなってパソコンを棚橋に押しやった。

棚橋は全員の顔を見回し、全員の「早く開け」という熱い視線に気圧《けお》され、恐る恐るクリックした。画面を凝視している。

なんの文書だ。見せろ。教えろ。星斗は棚橋の顔とノートＰＣを交互に睨《にら》んだ。

やがて中年男はつぶやいた。

「やはり、希望園なんだな」

夫人が遠慮がちに聞く。

「なにが書かれていたのかしら」

棚橋は画面を皆に見えるようにした。
ひらがなの短い文章が並んでいる。物語のようだ。

きぼうえんの　りこちゃんは
いつも　おそらをみあげていました

あるとき　よるのおそらから
うちゅうじんが　おりてきました
わたしの　なまえはキラキラせいの○○

りこちゃんと　うちゅうじんは
たびに　でかけます

・うさぎ
・ウマ
・さる
・フラミンゴ

・ねこ
・けいこさん
？？？


「これは童話なのかしら」

紗英が首をかしげると、マダムがうなずいた。

「そんな感じね」

「絵本を作ろうとしていたのかも。おばあちゃまに絵を習っていたのでしょう。それが、『きらきらしたものを表現できたら』ってことじゃないかな」

紗英ちゃん鋭いなあ。

「『？？？』とあるのは、構想中といったところかしらねえ」

「宇宙人の名前も、まだ決まっていなかったのね、きっと」

「棚橋さんは、『きぼうえん』についてはおわかりなんですか」

中年男は、まるでなにかを決意したみたいにぐいっと顔を上げた。

「清藤さんは親を亡くして児童養護施設にいたのですが、その名称が『希望園』です。実は」ひどく弱気な表情を浮かべる。「彼女の最期について調べ始めたときに一度、連絡をしてみたのですが、園長から『会わない』ときっぱり断られてしまいました。事件のせいでマスコミが押し寄せ、園の子供たちがずいぶん動揺してしまったそうです」

「それでは、調査は行き止まりかしらねえ」

「皆さんのご協力のおかげでここまで突き止めることができましたので、もう一度、希望園に連絡をしてみます」

「棚橋さんの熱意を丁寧にご説明なさったら、会ってくださるのではないかしら」

彼は真剣にうなずくと、星斗に向かってまた深々とお辞儀をした。

「本当にありがとうございます。このファイルは清藤さんにとってのきらきら星、みちびきの星だったと信じたい。私はできる限りのことをしてみるつもりです」そして画面を指した。「ところで、さっきのパスワードにはどんな意味があるのでしょうか」

星斗は胸を張って言った。

「ケッヘル番号ですよ」

モーツァルトが作曲、編曲したものに振られた番号のことだ。本人も目録を作ったが、ケッヘルという人物が作成した目録に振られたものをケッヘル番号と呼ぶ。これが世界的に、モーツァルト作品を表す認識番号となった。

星斗は携帯で『ケッヘル番号』を検索し、棚橋に見せた。

「KもしくはKVのあとに番号を振ります。『きらきら星』はK265もしくはKV265」

「後ろの３００ｅというのは？」

「最初の数字が、ケッヘルが初めに番号を振ったもの。まあ当時はパソコンもないし、きちんと整理できなかったのでしょう。研究が進んで『２６５番目は実は３００番目だった』なんてのがいっぱいでてきた。しかたなく、２６５は旧番号ってことでそのまま残し、３００がほんとの番号ですよ、とした。ところが、さらに順番が違ってたのが見つかっちゃったりして、『ｅ』は３００番と３０１番の間の、結局五番目だったという、けっこう無理やりな感じになっているんです」

「なるほど。ケッヘルさんの元の番号を重視したがために、複雑になったのですね」

「清藤さんがモーツァルトについて勉強していたとすると、この番号を知っていても当然おかしくない。だがパスワードとしてはＫ２６５では短すぎる。それでいろんなパターンを試してみて、結局九文字で無事解除されたというわけです」

　全員の視線が称賛モードだ。かなり気分がいい。

「先生、すごい」

　いつもクールな小学生もいたく感動している。

　ボクにはこんな才能もあったのだ。これからはピアニスト探偵として世界的に大活躍してもいいかもしれないな。さしずめワトソン役は紗英ちゃんで。

　……いやいや。まずはピアノを弾きたい。曲を作りたい。変奏曲を書きたい。誰も聴いていなくてもいい、自分が満足できる演奏をしたい。いや、やはり世界中の人に聴いてもらって称賛の拍手を浴びたい。そこは譲れない。

棚橋が言った。

「差し支えなければお礼をさせていただきたいのですが、ご住所など教えていただけますでしょうか」

だったらそのレアグッズを……と言うつもりが、こんな言葉が口から飛び出した。

「でしたらお願いがあります」金谷夫人に顔を向ける。「この楽譜をコピーさせてください」

夫人は鷹揚に微笑んだ。

「あなたにお預けしますわ。大事にしてくれそうですもの」

やった。古びた楽譜を大事に鞄《かばん》に仕舞うと立ち上がった。

「今日のレッスンはこれで終わりにしてもいいでしょうか。急いでやりたいことがありまして」

金谷夫人は孫娘を見た。紗英が「しかたないわね」というようにうなずいたので、星斗は挨拶もそこそこに部屋を飛び出した。大学に戻って、スタインウェイでもう一度これを弾いてみよう。そして……

「綿貫さん」棚橋が玄関まで追ってきた。「もしお嫌でなければ、これを」

彼はＵＳＢメモリのカバーを差し出してきた。ぎくりとする。

「これをじっと見ていらっしゃいましたよね。お好きなんでしょう。どうぞ」

見抜かれていた。平凡そうなくせに観察力だけは鋭いんだな。なんだか悔しい。

「別に好きではない」ちょっとは抵抗してみることに。「たまたま今日、大学で話題になったから見ていただけです」

「そうですか」棚橋は残念そうにうなずいた。「あなたがもらってくださったら清藤さんも喜んだと思ったのですが」

だけどあと一押しされたらもらってやる。なにしろパスワードを解いたのはボクだからな。レアグッズをネットで売ればカードローンの返済に当てられるし。

だがオジサンは極上の笑みを浮かべて、手をひっこめた。

おい。おいおい。

「本当に素晴らしい演奏でした。ますますのご活躍をご祈念しております」

ごキネン？　そんなことおっしゃらず受け取ってくださいとか言うんじゃないのか。

星斗は中途半端に手を出したが、中年男はご丁寧に玄関のドアを開けてくれる。

金谷夫人と紗英も見送りに来たので、星斗は颯爽《さっそう》と金谷家を出た。

道路に出たとたん、がっくりと膝をつく。

「ああ〜っ超レアグッズが〜っ。やっぱりバイト代前借り頼めばよかった〜っ」

しかし、鞄の中には例の楽譜。

星斗はさっさと立ち直り、輝かしい未来を想い描いた。

今日はボクが世界的な作曲家になることを決めた記念日だ。誰かに言っておかねば。そうだ、まだ居残って練習しているであろう山田聡子に、この楽譜を見せて自慢してやろう。そしてレイカを蹴落として大河原教授のレッスンをゲットするぞ。

棚橋の言葉を思い起こす。

——このファイルは清藤さんにとってのきらきら星、みちびきの星だったと信じたい

せいぜい頑張ってきらきら星を追求してくれ。ボクはボクの輝ける道を進むことにする。べつにオジサンのおかげではない。もともとボクが持っていた才能を改めて確認しただけだ。

まあでも、一応感謝しとくか。オジサンと、清藤真空に。

音楽はきらきら光る素晴らしいもので、人をこんなにも感動させると再認識したんだから。

第6変奏

木枯らし

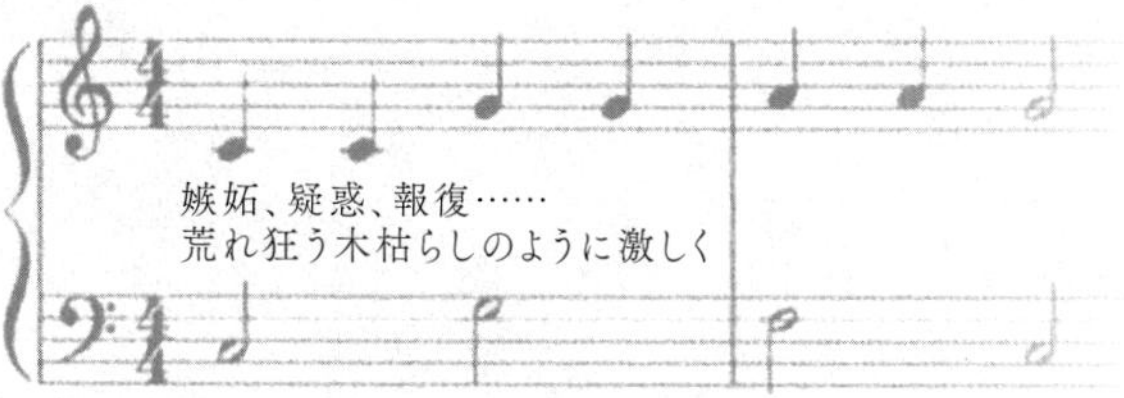

嫉妬、疑惑、報復……
荒れ狂う木枯らしのように激しく

山崎啓子《やまざきけいこ》は決意した。

殺《や》られる前に殺る。祖母が創り両親が苦労して存続させてきた希望園を守るのだ。そして自分の命も。

震える身体を自分の腕で抱きしめながら、古びた事務室の窓から施設の庭を見つめた。咲き乱れる野菊に、十一月の凜《りん》とした日差しが降り注いでいる。

祖母がその昔丹精込めて整えた緑の楽園は今やかなり荒廃していた。啓子は舌打ちをする。私だって一生懸命やっている。だけど問題が山積みで庭の手入れにまで時間が割けないのよ……

祖母は裕福な豪商の家の一人娘だった。四十年ほど前に中野区の北西に位置する実家の敷地を継ぐと、そこに児童養護施設を設立した。それが希望園だ。そのころの庭は〝大草原〟と呼べるほど広大で、幼少の啓子もよく駆けまわって遊んだものだった。祖母から母、そして啓子への相続で敷地は切り売りされ、今は三分の一ほどに縮小されてしまったが、新宿から車で十五分ほどの一等地に三百坪のまとまった土地が残っているのはなかなか珍しいようだ。

その土地と施設を、啓子は守らねばならない。たった独りで。

啓子の頭蓋に、うわぁんという不吉なうねりが立ち上がり、言い知れぬ不安が襲ってきた。思考が中断され、心が掻き乱される。顔をしかめて首を小さく振るが、脳内に霧がかかったような状態は一向に止《や》まない。

ここ一、二週間、こんな症状が続いていた。夜はほとんど眠れず、昼はぼんやりして身体がだるくて動きづらい。無理に笑うと、瞼に痙攣《けいれん》が起きた。

わたしの身体はあきらかに蝕《むしば》まれている。雅也《まさや》が密かに盛ったわたしへの毒で。

衝動的に泣きじゃくりたくなった。大きな声を出して、二歳の子供のように駄々をこねて、おいおい泣きたかった。足元がぐらぐら揺れ、立っているのかどうかもわからない。わたしはどこにいるの？　地獄か、天国か。

啓子は両手で頬を激しく二、三回叩いた。しっかりしろ。やられる前にやる。もうそれしか方法はない。

事務室の一角にある引き出しに近寄り、鍵をあけて中を見る。瓶は、ちゃんとそこにあった。祖母が、そして母がわたしの背中を押しているのだ。あの男から身を守れ、と。

啓子は小さいころから物怖《ものお》じしない子だった。小学校では委員長と名のつくものを片端からやった。勝気な性格で、弱いものいじめをする男子を皆の前で論破して、さんざんな目に遭わせた。暴力は嫌い。でも口では負けない。

中学時代はバスケに夢中になった。長身でボーイッシュな雰囲気のせいか、他の女子から憧れられた。勉強もでき、進学高校に進み、希望の大学に合格。夢は教師。卒業後すぐに実現させ、人生は順風満帆に見えた。

が、赴任した中学校で啓子は孤立した。正義感が強すぎて教頭と対立してしまったためだ。先輩や同僚はみな教頭側についた。六年頑張ったが、精神的に追い詰められ休職を余儀なくされた。

引きこもりに近い日々が続く中、父が脳梗塞で倒れ、寝たきりになってしまう。母の必死の看護も虚しく一年で他界。気の抜けた母は急に体調を崩し、祖母の跡を継いだ養護施設に関わることも困難になる。

啓子が三十歳のときに父を、その翌年に母を亡くし、悲しみに暮れる間もなく施設を引き継いだ。自宅の隣にあったので、子供たちとはもとから仲良しだ。母から「あの子たちを守ってね」と託された。

祖母や母の子供たちへの情熱はゆるぎないものだった。自分も同じ心持ちだ。ここでなら理想の教育ができるかもしれない。母は信頼のおけるスタッフになんでも任せ、最後の責任だけは必ず取っていた。あの教頭と大違い。彼はほんの些細な案件でも最初に自分を通さないと不機嫌になるくせに、問題が起きるといち早く逃げて知らんふりしていた。あんな長《おさ》にはなりたくない。

ここは〝希望〟園。みんなが将来の希望を思い思いに描くことのできる場所にしたい。啓子は猛進した。

園長になってみて雑務の多さに気づく。園の運営、スタッフの確保、行政との交渉、そして子供たちへの献身的なサポート。すべてをこなさねばならない。教師時代も頑張っていたはずだが、自分はまだまだ甘かったと痛感した。

母のころからいる古参のスタッフ、本庄弥生《ほんじょうやよい》がサポートを買って出てくれた。一歳年上で、肝の据わったタイプの独身女性だ。長身で細い啓子とは対照的に、ずんぐりとして顔は丸く、いかにも太っ腹なお母さんというような雰囲気で、子供たちからは絶大な信頼を得ていた。

スタッフの人材確保にはいつも苦労した。やっと雇った人員が三日で辞めてしまうこともあった。弥生が踏ん張ってくれなければ、とうてい運営を続けられなかっただろう。

雅也がやってきたのは二年ほど前だ。啓子が園長になって十年が過ぎていた。目鼻立ちのはっきりした快活な青年は啓子より五歳年下で、勤めていた老人介護施設が潰れてしまったので今度は子供のために働こうと応募した、と語った。興奮気味に話す彼の頬には朱がさしていた。啓子は好印象を持った。

雅也は熱心に働いた。周囲をぱっと明るくさせるようなムードメーカーで、子供たちは皆、彼と遊びたがった。小さな失敗はしょっちゅうあったが、人柄のよさでカバーした。スタッフには厳しい弥生先生も雅也を信頼した。彼が来てから、施設内はいつも賑《にぎ》やかであたたかな空気に満ちていた……。

庭で遊ぶ小さな子供たちが事務室の啓子に気づいて手を振ってきた。こわばった手で振り返す。かわいい子たち。そう、彼らはみんな、わたしの子供。自分で産めなくても子供はたくさんいる。だから結婚はしなくてもいい。

ずっとそう思っていた啓子に雅也が突然プロポーズしてきたのは、彼が勤めて一年が過ぎた、昨年の十二月初旬のことだ。

希望園の庭にある大銀杏《おおいちょう》が、空も地も深黄色に染め上げていた。翌日の子供たちのギンナン拾いイベントの下見のため、啓子と雅也は落ち葉のじゅうたんにシートを敷いて座ってみた。

——かなり寒いですね。魔法瓶にあったかいお茶を用意したほうがいいな

周囲を見渡す雅也の横顔を、啓子はそっと覗《のぞ》き見る。

子供たちへの情熱に共感してくれる雅也には、頼もしいスタッフとして以上の好意を持っていた。けれど、わたしは園長で彼は従業員。色恋沙汰なんてダメよ。

ところが、彼は打ち合わせのついでのように言った。

――それで啓子先生、僕と結婚してもらえませんか
凛としたさわやかな風が吹き、啓子はうなずいていた。
年明けに施設内で簡素な結婚式を挙げ、二人は皆から祝福された。

事務室の窓から彼方《かなた》に見える銀杏は今、黄色への変化を待つ儚《はかな》げな緑色を湛《たた》えている。その葉たちが強風にあおられ、不吉な様相で大きく揺れ動いた。

啓子の心の中にも寒々とした風が吹き荒れる。まるで、ひと足早く木枯らし一号が心中にやってきたかのようだ。窓ガラスに額を押し付け、外の弱々しい陽光を体内に取り込もうと無駄な努力をした。

失望と怒りが渦巻く。なぜ雅也はあんなふうになってしまったのか。

一ヶ月ほど前に彼が連れてきた、あの女のせいに違いない。

――高校の同窓会で久々に会ったんだけど、経営コンサルタントをやっているっていうから相談してみたんだよ。そしたら、ここの土地を担保に借り入れを起こせそうだって
啓子は仰天した。借金をする気はまったくなかった。いくら苦しくてもそれだけはしないと母が決めていたからだ。
しかしそれ以上に、経営などという面倒なことにまったく無関心だった雅也の態度が

急変したことに驚いた。スタッフとして日々の業務は任せていたが、月次収支だの科目の仕訳だの難しいことは苦手だからと手伝おうとしなかったのに。

啓子は、しぶしぶその同窓生の女と面会した。

さも親切そうな口ぶりで、できる限りご尽力させていただきます、などと言い放つ。頭はよさそうだし、口もうまい。颯爽とスーツを着こなし、ネイルサロンに通っていそうな整った爪で書類をめくる。かたや啓子は子供と接するので爪は短いし、Ｔシャツとジーパンに使い古したエプロンといういでたちだった。

気後れしながらも必死に応対していた啓子は、ふとした瞬間に見てしまった。雅也と彼女が微笑みあうのを。

まるで、共通の秘密を持った同志みたいに、互いをすべて知り尽くしている相棒のように笑みを絡ませる。

その女性が帰ったあと、雅也を詰問した。なんでいきなりあんな人を。

――啓子のためだよ。いつも経営が大変だって嘆いているじゃないか

優しそうに啓子の手を握る雅也の表情がおかしい。以前とは違う、うわべだけの笑顔に見えた。その裏になにが隠れているの？

以来、彼の優しさがどこか余所《よそ》余所《よそ》しいように感じられた。こっそり電話をかけていることが多く、啓子が誰と話しているのか聞いていても、誤魔化すだけだ。

おまけに、夜も啓子と一緒の寝室で寝なくなった。

――最近、啓子はとても疲れているようだから、僕はスタッフルームのほうで寝るよ。ゆっくりお休み

確かに、このところ眠れない。園には問題がありすぎるからだ。施設の老朽化であちこち修繕せねばならないが、予算の目処《めど》は立っていない。エアコンも洗濯機もガタがきており、いつ壊れてもおかしくない。節約しているはずだが積立金の額はいっこうに増えず、施設の建て替えは夢のまた夢だ。

ほかにも、先月雇った若い男性スタッフが中学生の男子を頭ごなしに叱りつけ、少年は園から出ていこうとまでした。もっとデリカシーをもって接してほしいのに。

さらに、去年入園した九歳の少女について、通いの心理カウンセラーから精神科での精密検査の必要性を指摘されていた。精神科と聞くと、教師だったころの不安や孤独感がよみがえり恐くなるので、啓子は少女の検査を躊躇《ためら》っていた。

こんなときだからこそ雅也にそばにいてほしい。以前の彼なら啓子の心情を察してくれたはずなのに、毎晩さっさといなくなってしまう。彼は変わってしまった。

それとなくスタッフたちに雅也の様子を聞いてみたが、口を揃えて子供たちへの献身ぶりを讃《たた》えるばかりだ。彼は人を巻き込むのがうまいから、みんなを味方につけているのかもしれない。

心配をかけたくはなかったが、思い切って弥生にも、雅也に変わったところはないか意見を求めた。

——しっかりしてきたと思うわよ。それより、変わったといえばあなたのほうがずいぶん疲れているようだわ。たまには気晴らしに外出したら？　事務雑用なら私や雅也君で手が足りるわ

優しい言葉に、啓子は感動した。そういえば以前は一人でドライブを楽しんだが、結婚してからはそんなこともしていない。

その夕方、雅也に「明日はちょっとドライブしてくるから午前中のエアコン業者の対応をお願いね」と告げた。彼は喜んで引き受けてくれ、「あとでガソリン入れてきとくよ」とまで言ってくれた。

心遣いは変わらないが、なんだか目つきが暗い。自分が疲れているからそう感じるのかもしれない、と無理やり納得した。

翌朝は晴天だった。久しぶりに多摩《たま》のほうまで行ってみよう、と啓子はミニバンに乗り込んだ。

甲州《こうしゅう》街道を西へ。快適に走った。やはり気持ちいい。

高尾《たかお》まで足を伸ばす。あまり車の通らない山道を知っていたので、そちらまで走る。アップダウンの下りのとき、減速しようとしてブレーキが効かないことに気づいた。メ

ーターパネルの警告灯が赤く点灯しているのが目に入る。急にどうして？　パニックになりながら、啓子はペダルを必死に踏み続けた。どんどん加速していく車。カーブで、思い切ってサイドブレーキを引いた。ハンドルを必死に操作し、路肩の土の部分に乗り上げ、車は止まった。

冷や汗が出て、身体中が震えた。

ＪＡＦに助けを求めた。ブレーキオイルが漏れていたと指摘される。そんなはずはない。つい先週、ちゃんとチェックしたばかりだ。

誰かが、故意に？

いや、疲れているからそんなふうに考えてしまうんだ。これは事故だ。

夕方、疲労困憊《ひろうこんぱい》で施設に戻り、事務室のドアを開けようとしたとき、中から数人の話し声が聞こえてきた。

——雅也先生も大変ね～。啓子先生、最近とみに言葉が厳しいし

——いや、僕がまだまだだから、しょうがないよ

——雅也君はすごくよくやっているわよ。もう経営を引き継いでもいいんじゃない？

——ほんとほんと、もしそうなったら、あたしたちついていきますよ

——いやいや、無理ですって。すぐに潰してしまいそうです。ま、そうなったら、暑いとこが好きだからハワイにでも移り住むかなあ……

啓子はそのまま施設の隣の自宅へ逃げ帰った。

雅也はこの土地を売り飛ばす気なの？　担保の話は口実かもしれない。わたしがいなくなれば、土地は夫である彼のもの。その下調べをしていたのでは？

つまり、彼はわたしを……まさか。まさか。

そして、決定的なことが起きた。

啓子にはアレルギーがある。三年前にスタッフたちと中華料理店に行き、海老《えび》を食べた。しばらくしてものすごい発疹《ほっしん》が出て、呼吸が苦しくなり救急車を呼ぶ羽目に。甲殻類アレルギーであることが判明し、二度目のアナフィラキシーはもっとひどくなると脅かされ、以来、海老も蟹《かに》も一切食べなかった。調味料に海老のエキスが入ったものを摂取してもブツブツができたりするので、食べ物には極端に慎重になった。

むろん雅也にもそのことは告げてあった。

一週間前の夜半、彼がビールを買ってきて、たまには自宅で二人で飲もうと言い出した。経営コンサルの彼女が来てから二人の間はずっとぎくしゃくしており、啓子の猜疑《さいぎ》は増す一方だったが、それでも面と向かって彼の笑顔を見るとほっとした。

乾杯のあと、雅也がいそいそとキッチンへ向かった。

——待ってて、おつまみを持っていくから

啓子はリビングでくつろいでいたが、冷蔵庫にまだ開けていない漬物があるのを思い出した。それも出そうとキッチンへ入ろうとしたとき、雅也が皿に移しているキムチのパッケージを見て驚いた。あれには海老が入っているのに。

啓子は彼に気づかれぬうちにリビングに戻った。

すぐに雅也が何皿か持って出てくる。そのうちのひとつは、あのキムチ。

——これ、弥生先生が用意してくれていたんだ

彼女はわたしのアレルギーについて熟知している。いただきもののキムチを見て、韓国語で書いてあるから気づきにくいけれどこれにも甲殻類が入っている、と注意喚起してくれたほどだ。それと同じパッケージだから、彼女がこのキムチを用意するはずがない。雅也は嘘をついたのだ。

すぐに問いただせばよかったが、できなかった。知らなかったのだと言われたら、それで終わりだ。なんでもないふりをしてキムチだけは箸をつけず、切り抜けた。

恐怖と怒りで胸がむかついた。

そういえば、ここ二週間ほど吹き出物が多い。倦怠感《けんたい》もひどい。まさか、わたしの食事に少しずつ混ぜているのでは？

そしていつかアナフィラキシーショックが起きるのを待っている。

彼は、わたしを殺そうとしている。

誰かに相談したかったが、施設の仕事一筋の啓子にはこんなことをうち明けられる友人がいない。同窓会にも、もう十年以上行っていない。

それに、下手なところに話が漏れたら施設の運営に影響が出かねない。悩んだ末に、定期的に来訪してくる心理カウンセラーなら守秘義務があるだろうからと、相談してみた。このごろ雅也の様子がおかしい、ひょっとするとわたしの命を狙っているのかもしれない、と。

彼女は淡々と答えた。

――啓子先生、一度詳しく検査をされてはいかがですか？

わたしがおかしいってこと？

違う、変なのは雅也のほうよ。彼を調べてほしいのに。

言えば言うほど、カウンセラーの視線が冷ややかになった。

――来週あたり病院にいらしてください

冗談じゃない。どうして誰も、わたしの言うことを本気にしてくれないの？

雅也は実に巧妙に皆を欺いている。教師時代と同じで、わたしは悪者、わたしの精神のほうがおかしい、そんな状況が作られていることに気づいた。

このままでは、たとえ殺されなくとも精神科病院に閉じ込められてしまう。そして、土地や施設は夫である雅也のものに。あの同窓生と共謀して施設を潰す気だ。二人でハワイに移住するために。

そんなことはぜったいにさせない。でも、どうしたらいいの。

数日前、庭の物置を整理していて瓶を見つけた。

祖母が昔、庭の手入れをしていた時分に入手した除草剤だ。無色透明で、匂いもない。子供のころ庭で遊んでいて物置でその瓶を見つけたとき、母からきつく叱られた。「あなたが触ってはダメよ。うっかり飲んだら死んじゃうんだから」

ネットで調べてみると、確かに毒性の強いもので、無味無臭だが大匙《おおさじ》一杯ほど体内に取り込むと死亡するという。むろん、とっくに使用禁止になっていた。

これを使ったら人が死ぬ。

念のため、こっそり買ってきた金魚の泳ぐビニール袋に、薬をひと匙入れてみた。あっという間に腹を上にして魚が浮いた。ちゃんと使える。

このタイミングで瓶を見つけたということは、神様か悪魔か知らないがこれを使えと言っているのに違いない。殺られる前に、殺れ。そういうことではないか。

啓子の心は乱れた。昨夜はまったく眠れず、今日は何度も事務室に行って引き出しを確認した。その瓶はある。母さん、そういうことなの?

　やられる前にやれ……

　施設のキッチンへ行き、誰もいないことを確かめ、冷蔵庫を開ける。彼が休憩のとき必ず飲むヨーグルトドリンク。他の人がうっかり飲まぬよう名前がマジックで書いてあるものが一個だけ残っている。ストローを差し込む穴に注射針で除草剤を流し込み、冷蔵庫に戻した。


　瓶を事務室の引き出しに仕舞ったときには手がぶるぶる震えていた。入れたのは致死量ではない。しかしあきらかに具合が悪くなり、わたしを攻撃するところではなくなるはずだ。それでももし彼がまだ続けるのならば、そのときは……

　玄関チャイムが鳴り、啓子ははっと顔を上げた。

　来客の予定があったのだ。こんなときに面倒な。しかし、約束してしまったからには仕方ない。

　――清藤真空《きよとうまそら》さんのことでお見せしたいものがあるのです
　その男性は以前にも電話してきたそうだが、覚えていなかった。判決が出てからあちこちのマスコミから連絡があったので、そのころなのだろう。今回も断ろうとしたがしつこく食い下がられ、さっさと終わらせたほうがいいと判断し、承諾したのだ。

それにしても、真空のことは今も思い出すのが辛《つら》い。

啓子が園長になって初めて受け入れた子だったので、思い入れは深い。警察から彼女が殺されたと連絡をもらったときは、とうてい信じられなかった。施設の子はそれぞれ複雑な事情を抱えているものの、啓子のこれまでの人生には殺人事件なんぞ無縁のものだった。

……いや、今は自分にそれが降りかかろうとしている。だから反撃するのだ。やられる前にやれ。

弥生先生が声をかけてきた。

「お客様がいらしたわよ」

とにかく早く終わらせてしまおう。重い身体を動かした。


応接室に行くと、平凡そうな中年の男性がソファから立ち上がった。啓子と同年代か、もう少し若いくらいだろうか。平凡そうなスーツ。ごく普通に整えられた髪と、目と鼻と口が適正に配置された顔。口元の左下の小さなホクロが唯一の特徴だ。日本人中年男性の平均的なモンタージュ写真を作ったとしたら、こんな感じかもしれない。

彼は名刺を取り出し、型どおりの挨拶をする。棚橋泰生《たなはしたいせい》さんね。真空が登録していた人材派遣会社の人。いったい今ごろ、なんだろう。

子供たちが庭先ではしゃぐ声が風にのって流れてきた。

啓子は余所行きの顔を作る。しゃんとしろ。わたしは希望園の園長。どこで誰がどんな噂を立てるかわからない。落ち着いて、きびきびと対応せねば。

「ご用件は清藤真空さんのことでしたね」

こちらから切り出すと、平凡そうな男性はいきなり興奮気味に言った。

「彼女が童話か絵本を作っていた、というようなことをご存じではありませんか」

意外な言葉に啓子は戸惑う。

「さあ、知りませんが」

「そうですか」残念そうな表情だ。「『きぼうえんのキラキラ星人』という物語のようなんですが」

「ここは『きぼうえん』ですが、キラキラ星人なんて聞いたことがないわ」

彼はノートパソコンを取り出すと、画面をこちらに向けた。

タイトルのあとに、ひらがなの文章がつづく。

きぼうえんの　りこちゃんは
いつも　おそらをみあげていました

あるとき　よるのおそらから
うちゅうじんが　おりてきました
わたしの　なまえはキラキラせいの○○

りこちゃんと　うちゅうじんは
たびに　でかけます

・うさぎ
・ウマ
・さる
・フラミンゴ
・ねこ
・けいこさん
？？？

『けいこさん』の文字で、ドキリとした。

「これを、真空が？」

「つい最近、彼女のＵＳＢメモリが見つかりまして、その中に入っていました」

「物語の始まりみたいね」

「りこちゃんと宇宙人が旅に出て、うさぎや馬や猿やけいこさんに出会う、という展開のように思えます」彼は一度優しく言葉を切った。「園長先生のお名前は〝けいこさん〟ですね」

わたしが物語に出演しているってこと？

真空の顔が浮かんだ。

施設に来たとき彼女は中学生だったが、おどおどした様子はまるで幼児のように子供っぽい雰囲気だった。かと思うと受けこたえは妙に老成しており、緩慢な仕草は生活に疲れた主婦のようだったりした。啓子は情熱と緊張をもって彼女を迎えた。シングルマザーの母を亡くしたばかりの少女にどう接したらよいか、毎晩勉強した……

頭痛が襲ってくる。顔をしかめ、目の前の平凡そうな男に聞いた。

「なぜこんなことを熱心に調べているんですか」

彼は一度唇を引き結ぶと、決意を込めたような潤んだ瞳で答えた。

「清藤さんが最期に残した『ドドソソララソ』を解明するためです」

彼女の最期に立ち会ったこと、裁判を傍聴し、真空の指の動きの意味を探ろうと決心したこと、真空に関わった人々を訪ね、彼女の指の動きはきらきら星の歌を意味しているらしいと気づいたこと、そして『きぼうえんのキラキラ星人』という話を書いていたようだとわかったこと……彼は淡々と語った。

「『きぼうえん』と『けいこ』と書かれていたことから、彼女が描きたかったものがここにあるのではないかと、お訪ねした次第です」

「そう、なのね」

啓子はパソコンの文字をじっと見つめた。

不安が持ち上がる。ひょっとして、この『けいこさん』は冷たい女性ではなかろうか。手間のかからない子だったから、つい構わずにいたことがあったかもしれない。わたしはどう評価されていたのだろう。

「園長先生、彼女のことを話していただけないでしょうか。どんな少女だったのか。ここに来る前にどんなことがあったのか」

啓子は顔を上げた。誠実そうな視線が刺してくる。

人の死に立ち会うとは、無力を感じるということだ。父も母も病気で亡くなったが、啓子には、もっとやってあげられたのでは、自分はなにかヘマをしたのでは、という思いがしばらく残った。目の前のこの男性は、自分の手の中で命がこぼれていくのを体験した。だからこんなふうに、なにかにしがみつくのかもしれない。

啓子は息を吐くと、話し出した。

「清藤真空さんは、いわゆる〝ヤングケアラー〟でした」

棚橋は顎を引いた。

「家事や介護などを多く負担する子供のことですね」

「彼女は中学生のころ、病気の母の面倒を一手に引き受けていたようです」

真空は父親を知らない。関西《かんさい》出身の母は家出して上京し、二十三歳で出産し、清掃員や内職の仕事で真空を育てるべく頑張ったが、無理が祟《たた》り娘が小学校の高学年になったあたりから病を抱えるようになる。真空が中一のときに母は倒れ、病院に担ぎ込まれた。過労で、長期療養を勧められたがすぐに退院。おそらく経済的理由からであろう。十三歳の真空は家事と母の看病に追われ、学校へは通えなかった。

そして中三の秋、母が亡くなり、希望園へ来た。

「しばらくはほとんど口をききませんでした。なかなか打ち解けてもらえなくて」

そのうちに、啓子の細々とした雑務を自然に手伝ってくれるようになった。これもコミュニケーションのひとつなので、料理や庭の掃除などを一緒に行った。しかし、それを続けるのは彼女にとってよくないと啓子は考えた。

「ヤングケアラーに陥る子は心が優しく、誰かのためになりたいと思っています。家族はその優しさに甘え、その子が本来なら学校へ行って様々なことを勉強し将来に備えねばならない年代であることを忘れ、働き手と位置づけてしまう。本人もそれが当然だと思って身を粉にして働く。ますます家族が頼り、家事や看護から抜け出せなくなる……真空は、まさにそんなタイプだったんです」

——あなたはまだ十五歳なのだから、勉強やスポーツや趣味に打ち込んでいいのよ

「いろいろ説得しましたが、彼女は手伝いをやめませんでした。きっと、どうやったら自由に勉強したり遊んだりできるかが、わからなかったのでしょう。それである日、わたしは言ったんです」

——今日も庭の草花の手入れをしてくれて本当に助かるわ。忙しくてなかなか手が回らないのよ。悪いわねえ、一人でやらせてほんとごめんね

「そのあと、たまには一緒に映画でも見に行きましょうと言うつもりだったんですが、彼女が急に悲しそうな顔をしたんです」

——あやまらないでください。つらいです

棚橋は目を見開いたのち、納得したようにうなずいた。

「謝られると辛い、と言ったんですね」

「お母さんからいつも『ごめんね』と言われていたようです。そのたびに彼女は、自分がやっていることが、母をかえって苦しめていると思ってしまったんですね」

棚橋が一瞬、目を閉じた。病弱な母が娘に謝っている光景を思い浮かべたのかもしれ

ない。

——悪いわね、ごめんね、すまないね……

「お母さんは、どんな方だったのでしょう」

「ほとんど話してくれなかったので、わからないんです」啓子は記憶を辿った。「でも一度だけ、ぽろっと言ったことが」

——お母さんは強くて優しかったけど、病気になったら変わってしまった。私に甘えてきて、まるで子供みたいになっちゃった
その話を聞いたとき、啓子は真空を力いっぱい抱きしめた。保護を必要とする中学生が、自分の親の母親役を必死に務めようとしたのだ。切なすぎた。

棚橋はしみじみと述べた。

「清藤さんは、母親が変わってしまったと感じていたのですね」

「それを淡々と受け入れていたようでした。彼女には、どこか達観したところがありました。降りかかってくる運命には逆らわない、というような」

真空はその後も啓子に頼ることはなかった。

「なにかやってあげようかと声をかけると、全力で断ってきました」

——やってもらったらお返しをしないといけないから
「たぶん、経済的に苦しかったお母さんが、いつもそんなふうに言っていたのではない

かしら。うちにはお返しできるものがないのだから、と」

棚橋は遠くを見つめるような目になった。

「そう、なんですね」

啓子は小さくため息をついた。

「今でも胸が痛みます。彼女はこの希望園で、希望を持つことができなかったのではないかと」

棚橋は小さく首を振った。

「私は、そうでもないと思います」パソコン画面を指す。「彼女は物語の舞台を『きぼうえん』と名付けました。好きな場所だから、こんなふうに名前を使ったのではないでしょうか」

啓子の心に、ふわりとそよ風が流れたような気がした。

「だったらよかったのですけれど」薄く微笑んだのち、眉根を寄せる。「彼女は終始、一人で頑張ろうとしていた。わたしはあの子を変えてあげられなかったわ」

「人を変えるのは難しいです」棚橋はうなずいた。「私も職業柄、とてもたくさんの方と会い、こんなふうに仕事の仕方を変えてほしいとお願いすることがあります。けれどあまりうまくいきません。人はみんな、自分が正しいと思っているものです」

そうよ、教頭は自分が正しいのだと意地を張って私の改革案を受け入れなかった。園の何人かのスタッフも、自分のやり方を曲げずに辞めていった。

雅也は？　彼はわたしの情熱に賛同して、いつも言う通りに動いてくれていた。なのに、なぜ変わってしまったのか……

「ただ」棚橋は淡々と言った。「相手が変わったと感じたときは、よくも悪くも、実は自分のほうが変わっていた、なんてことがありますね」

雅也が変わったのは、わたしが変わったから？

違う。確かにここ数ヶ月はとても忙しくて疲れていたが、彼に対する態度は変わっていないはず。やっぱり、あの経営コンサルの女のせいよ……

「清藤さんは卒園してからもここへいらしていましたか」

棚橋の言葉に、意識を戻す。

「定期的に訪ねてくれていたと思いますが、最後のほうはどうだったかしら」

かたり、と応接室のドアが揺れた。建物が古く建て付けが悪いため、きちんと閉めないとすぐにドアが開いてしまうのだ。

隙間から少女の目が見える。啓子はため息をこらえた。

「よりこちゃん」立ち上がってドアを大きく開いた。「お客様がいらしているのよ。勝手に覗き見してはダメ」

だぶだぶの色褪せた青のワンピースを着たおかっぱ頭の少女は、顔色が悪く、目ばかりが大きく目立つ。その瞳が、一心に棚橋を見つめていた。

「こんにちは」

棚橋が声をかけても、少女はただ凝視するばかりだ。

「ごめんなさいね」啓子は少女の背中に手を回す。「よりこちゃん、ご挨拶して」

棚橋は優しく微笑んだ。

「いえいえ、驚かせてしまったかな」

香川頼子《かがわよりこ》は現在九歳だが、年齢より幼く見えた。両親の育児放棄が原因で昨年の初めにここに来た子だ。入所時の真空よりもさらに心を固く閉ざしており、今でもほとんどしゃべらない。心理カウンセラーによれば、育児放棄によるトラウマのほかに、もともと精神的な疾患があるかもしれないとのこと。明確な病名がつくかつかないかの境目。いわゆる〝グレー〟な子だ。

啓子は少女を促し、行かせようとした。彼女は身体でそれを拒否する。

「どうしたの。先生にお話があるのかしら」しかし頼子は無表情。「先生はお客様と大事なお話をしているの。あとで遊んであげるからお部屋に戻っていて」

少女はさらに目を見開き、甲高い声で言い放った。

「タナハシ!」

「よりこちゃん」啓子の声が鋭くなる。「人を呼び捨てにしてはいけません」

「園長先生」棚橋が立ち上がった。「その子とお話をさせてもらってもいいですか」

「……ええ、どうぞ」

棚橋は少女の前にしゃがみ込むと、彼女の瞳を覗き込んだ。

「初めまして。私の名前は棚橋といいますが、どうして知っていたのかな？」

少女は答えない。

「わたしが『棚橋さん』と呼んだのを立ち聞きしていたのでしょう。この子、記憶力はすごくいいんです」

彼は啓子を見上げた。

「園長先生はこの部屋で私の名を呼んでいません。事前に私が来ることを、彼女の前で話したのでしょうか」

「……いいえ」

昨日、彼から電話がかかってきたあと弥生に来訪者がある旨は伝えたが、名前は言っていない。第一、啓子自身がさきほど名刺を見せられてようやく『棚橋』をちゃんと認識したのだから。

「よりこちゃん。この方が棚橋さんだと、どうしてわかったの？」

少女は急に駆け出した。思わず後を追う。棚橋も付いてきた。

廊下の角を曲がり、居住棟へと駆けていく。彼は遠慮したのか、棟への入口手前で立ち止まる。啓子は、頼子と共に彼女が起居する部屋に入った。

少女は棚からなにかを引っ張り出した。

「……ノート？」

それは、よくある普通のスケッチブックだった。頼子がこんなものを持っているとは知らなかった。少女はそれを啓子に向けて広げて見せた。

一面の夜空と星々の絵が水彩で描かれている。下のほうにおかっぱの少女と、背広らしき服を着て頭に星の形の帽子かなにかをかぶっている男性と、エプロンをつけた背の高い女の人が描かれている。どの顔も満面の笑みで、ひどく愛らしい。全体的に拙い絵ではあるが、情感がこもっていた。

「タナハシ！」

頼子は、再び高い声で叫んだ。

どういう意味だろう。啓子は絵を見つめた。

「それ、見せてもらってもいい？」

少女はうんと言う代わりに、スケッチブックを開いたまま啓子のお腹《なか》あたりに押し付けた。そっと受け取り、最初からページをめくる。

……これは！

啓子はスケッチブックを抱えて棚橋のもとへ走る。

「棚橋さん。これを見てください！」彼の前に一ページ目を掲げる。「ひょっとして、『きぼうえんのキラキラ星人』の絵ではないでしょうか」

彼の声が震えた。

「そのようです」

脇に寄ってきた頼子を、啓子はしっかりと抱きとめた。

「よりこちゃんが描いたの？」

少女は小さく鳴くように答えた。

「マソラちゃん」

棚橋は気忙《きぜわ》しそうにページをめくる。

「あの文章と合致しますね。最初はりこちゃんという女の子が、建物の中から夜空を見上げる。次は、夜の原っぱでりこちゃんが宇宙人と出会う。そして自転車のようなものに乗って旅に出る。りこちゃんとは、よりこちゃんのことでしょうか」

次ページはうさぎに会う二人。その次には馬、猿、フラミンゴ、ねこ、そしてさきほど見た三人の絵。

「これ、わたしなのかしら」

啓子はエプロン姿の女性を指した。自分の指が震えているのに気づく。

頼子は甲高い声で話し出した。

「きぼうえんのりこちゃんは、いつもおそらをみあげていました。あるとき、よるのおそらからうちゅうじんがおりてきました。わたしのなまえはキラキラせいのタナハシ！」

棚橋がはっと口に手を当てた。

よくよく見れば、絵の男性の口元にはホクロが描かれていた。頼子はさきほどドアの隙間から、棚橋のホクロを凝視していたのかもしれない。

「わたしのうちゅうせんのでんちがきれてしまいました。ここにでんちはありませんか。りこちゃんはきぼうえんにあったでんちをもってきます。ちがいます、そんなでんちではないんです。じゃあ、いっしょにさがしにいきましょう」

間違いない。少女が語っているのは、真空が下書きしていた物語の続きだ。

「りこちゃんとタナハシはたびにでかけます。さいしょは、こまったようすのうさぎにあいました。うさぎさん、どうしたの？　うさぎはこたえます。わたしのみみはながすぎて、ぼうしがあわないの。タナハシはいいます。それならぼくのほしでつかう、てぶくろがぴったりだとおもうよ……」

「園長先生、よりこちゃんは」

棚橋の短い言葉に、啓子はうなずいた。

「記憶力はとてもいいんです」

彼女は構わず続ける。うさぎの次は馬、どんどん物語が進む。そして……

「けいこさん、どうしたの？　けいこさんはこたえます。わたしのおにわはひろすぎて、おそうじがしきれないの。おはなやくさが、ぼうぼう」

啓子の胸が熱くなる。

「タナハシはいいます。それなら、ねこさんがつくってくれたおんがくをきかせるといい。そのおんがくは、くさやはなをげんきにするまほうのおとなんだ。けいこさんはおおよろこび」

涙が頰を伝っていた。真空、真空、庭の手入れができないとわたしが愚痴っていたから、こんなことを思いついたのね。ありがとう。

ラストは、けいこさんがおいしい料理を作ると、それが宇宙船の電池代わりの燃料になり、タナハシは宇宙へ帰ることに。

「タナハシはいいました。ひとはだれでも、だれかのやくにたてる。たすけてもらったひとは、べつのだれかのやくにたつ。しんせつはめぐっていけばいいんだよ。そうしてみんなが、だれかをみちびくきらきらぼしになったら、おそらはほしでいっぱいになるよ」

頼子が黙り、棚橋を見上げた。彼は潤ませた瞳で少女を見つめ返す。

啓子は優しく彼女に聞いた。

「このお話は真空ちゃんから聞いたの？」

少女は魂が抜けたようにぼんやりしているので、啓子は棚橋に言った。

「わたしは二人が一緒にいるところを見たことがないので、確証は持てないんですが」

「園長はお忙しいお立場ですから、すべてのお子さんの動向を把握するのは難しいのでしょう」

「啓子、なにかあった？」

廊下の向こうから雅也が声をかけてきた。数人の子供がこちらを見ている間をかきわけて、やってくる。

啓子が説明すると、雅也はうなずいた。

「清藤真空さんは月に一度の割合で来て、ほとんどの子供に接していました。中でもよりこちゃんのことは、特に気にかけている様子でした」啓子は知らなかった。「最後に真空さんが来たのは事件の四日前です。あの日はよりこちゃんが一段と殻に閉じこもっていたので、ああ良かったとほっとしたのを覚えています」

食堂の隅で、真空が楽しそうに話をし、いつもほとんど表情のない頼子が、それを聞いて珍しく笑みを浮かべていたという。

啓子は自分の観察不足に腹立たしさを感じると同時に、雅也がきちんと子供たちを見てくれていることに安堵を覚えた。

雅也が優しく少女に話しかけた。

「お話は、真空ちゃんが考えたのかな」

彼女は大きくうなずく。

啓子と棚橋は目を見合わせた。

この物語こそが、真空が最期になんとしても誰かに託したいと考えた〝きらきら星〟だったのだ。

頼子はゆったりと口を開いた。

「うちゅうじんの名前は、タナハシって、マソラちゃんがそのとき決めたの。あのね」

──タナハシさんって不思議な人がいてね、私が困っちゃったなあと思ったらひょっこり現れて、さりげなく助けてくれたの。〝手当て〟っていうものをしてもらって、そういうことに慣れていなくてドキドキしてたら、タナハシさん、『親切は巡るものです』って言ったの。ああ、そうかって素直にうなずいちゃった。見た目はふつうのオジサンで、ふつうのサラリーマン。でも、私にはきらきら光って見えたのよ……

「ううっ」

棚橋が嗚咽《おえつ》を漏らした。細い指で目頭を押さえ、肩を震わせている。

彼は今、保護を必要としている子供みたいに無防備だ。真空の最期のメッセージを解き明かし、肩の荷を下ろしたのだろう。なんていい人なんだ。

彼は止めどなく流れる涙を拭うこともなく、震える声でこんなふうに言った。

「私は、彼女に……彼女を、助けられなかった……」

「ご自分を責めないでください」啓子は彼の腕にそっと触れた。「真空が絵本を作ろうとしていたことがわかったのは、あなたのおかげですよ。彼女もきっと感謝しているはずです」そして思いついた。「どうかしら。これをなんらかの形にできたらいいと思うのだけれど」

棚橋はようやく涙を拭い、その際には協力したいと言ってくれた。

啓子は、雅也にうなずいた。

「ありがとう。助かったわ」

そのあと言おうとしていた言葉を、飲み込んだ。

――休憩入ってね

休憩の際に彼はあのヨーグルトドリンクを必ず飲む。そうすれば……

啓子は、園長の口調できびきびと伝えた。

「しばらくこの子と一緒にいてあげてくれるかしら。少し興奮しているようだから」

「了解」彼はうなずき、少女に話しかけた。「今日のおやつはよりこちゃんの大好物の栗のケーキだよ。もうみんな食堂で食べているから、早く行こう」

棚橋を玄関で見送ったあと、啓子はキッチンへ走り込んだ。

冷蔵庫のヨーグルトドリンクを取り出し、中身を流しにぶちまけ、容器はビニール袋に何重にもくるんで捨てた。

がっくりと力が抜ける。

もう一度、雅也とちゃんと話をしよう。

なぜ急に借り入れを起こそうと思ったのか。なぜ別々に寝るようになったのか。自分を見る目つきが変わったのはどうしてか。

啓子は事務室に戻り、例の瓶が入った引き出しを開けた。

ない。鍵をかけ忘れていた。

胸騒ぎがして食堂を探すが、雅也の姿が見えない。まさか……

再びキッチンへ走り込む。

啓子は大声をあげた。

「なにをしているの！」

振り返った相手は、突然摑みかかってきた。

「おまえが、おまえがいるから！」相手は瓶を握りしめていた。手元には啓子用のおやつのプリン。「死ね！　おまえなんか！」

相手は啓子の下唇をむんずと摑み、口を押し開け、瓶の中身を流し込もうとした。必死に抵抗する。助けて、誰か……

強い衝撃を受け、啓子は横ざまに突き飛ばされ尻もちをつく。

「……雅也！」

彼は、激しく動く人物の上に馬乗りになっていた。

「啓子！　大丈夫か！」

「いったい、なにが……」

啓子は、雅也に押さえつけられて野獣のように唸る弥生先生を呆然《ぼうぜん》と見つめた。

「警察に電話して！」

雅也の声に、啓子は震える手で携帯を取り出す。除草剤の瓶は足元で粉々になっていた。

事件後、雅也がすべてを話した。
――同窓会で経営コンサルタントをやってる子に会ったんだけど、いろいろ偉そうに言うから、僕もつい、啓子が立派に施設の経営をやっているって自慢しちゃったんだ。そしたら、そんなやり方じゃすぐに潰れちゃうって脅かされて
同窓生の口の巧《うま》さに乗せられ、立派な土地があるなら借り入れが起こせると説明され、単純な雅也はそれが啓子のためになると信じ、彼女を連れてきた。一流企業に勤めるキャリアウーマンと対等に渡り合っている啓子を見て、雅也は誇らしい気分になる。僕の

奥さんはこんなに立派なんだよ、どうだすごいだろ。雅也の視線に気づいた同窓生は苦笑を返してきた。確かに、あんなにのろけていた意味がわかったわ。

しかし、啓子がまったく乗り気ではなかったのでがっかりし、経営相談は断り、一念発起して経理面の手伝いができるように勉強しようと、帳簿や伝票を丁寧にチェックしてみた。

どうも数字が合わないようだ。いつも疲れている啓子に相談する前に、ときどき帳簿の入力を引き受けている弥生先生に話をしてみようと、勤務後に近所の居酒屋に呼び出した。三週間ほど前のことだ。

その行為が引き金になった。

弥生は以前から雅也に好意をもっていたので、個人的に呼び出されたことですっかり舞い上がってしまい、雅也は自分を好きになったと勘違いしたのだ。以来、猛烈にアタックしてきた。

雅也は誤解を解こうと努めたがまったく聞き入れてもらえず、悩んだ。啓子が絶大な信頼を置いている弥生先生が辞めるようなことになれば大きな痛手だ。なんとか当たり障りなく収束させたい。

しかし、弥生の行為はエスカレートし、毎晩、雅也の携帯に電話やメールがしつこく来るようになる。気づかれまいと、雅也は啓子と別に寝ることにした。

　そのことも弥生に誤解を与えた。やっぱりあなたは啓子が嫌いなんでしょ。だから別々に寝ているのよね。あたしがなんとかしてあげる……

　なんとかするとはどういうことだろう。雅也は不安になり、啓子に相談すべきかさらに迷ったが、彼女はいつにも増して疲れている様子だった。

　啓子との仲を弥生に見せつけるために「今日は久しぶりに二人で飲む」と言ってみると、「啓子さんの大好物よ。私からとは言わないで、きれいに盛り付けて出してあげたらきっと喜ぶわ」と見慣れないパッケージのキムチを渡してきた。ようやく彼女が引き下がってくれたのだと、雅也は喜んでそれを受け取った。

　ところが、翌日、弥生は不満げに言った。

——結局、二人で飲まなかったんでしょ。だって啓子ったらあんな様子で

　雅也は楽しく飲んだのだと主張したが信じてもらえない。あんな様子とはどういうことか。いよいよ啓子に相談しようと決意し、何度か話そうと試みたが、なぜか啓子は余所余所しく、機会を得られずにいた。

　そして棚橋が訪ねてきたあの日、弥生はついに強硬手段に及び、その現場を雅也が取り押さえたのだった。

　警察に連行される際、弥生は啓子に向かって叫んだ。

——希望園は私が継ぐはずだったのよ！　あんたなんか！

長年にわたり希望園を支えてきた弥生は、啓子の母から園長を打診されたこともあったという。しかし啓子の両親が思わぬ形で亡くなり、弥生の運命も変わっていく。教師もろくに務まらなかった娘がちゃっかり園長におさまり、自分は相変わらずただのスタッフだ。ともに独身で頑張っているうちはまだ耐えられたが、啓子が年下の男性との結婚という幸せを摑んだことで、精神のバランスを崩した。あの女は自分が持つべきだったものを全部持っている。そんなのおかしい。

園のお金を着服していたことを雅也に怪しまれたが、彼は私に乗り換えるつもりだから問題ない、そもそも私のことが好きだったに違いない、と都合良く解釈した。

啓子さえいなければ、すべてうまくいく。あの女、消えてしまえばいい。

啓子のおやつに少量の甲殻類を混ぜて嫌がらせをし、車のブレーキオイルに細工した。雅也にキムチを渡して食べさせようとしたが、翌日、啓子はあんな様子でけろりとしていた。結局食べなかったようだ。啓子はなかなかなんとかならない。焦燥していたとき、事務室で除草剤の瓶を見つけ……

啓子はすべてを雅也に告白した。彼を疑い、危うく毒まで盛るところだったと。

彼は「そこまで啓子を追い詰めて、ごめん」と逆に謝ってくれた。

――いじけてたんだ。啓子のほうが学歴が高いし優秀だし、そもそもここの経営者だし、ぜんぜん釣り合わないんじゃないかって。それで僕もなにかの役に立ちたいと必死に考えて動いたら、どんどん変なことになってしまって……

すべては啓子の誤解だった。雅也は変わっていなかった。

弥生の事件から約一年。

啓子と雅也は、銀杏の木の下に座っていた。そよぐ秋風はまだ冷たくもなく爽やかで、時おりサラサラと優しい葉音が鳴った。

啓子は思い起こしていた。

あのとき「休憩入ってね」と言わなくて、本当によかった。なぜ思いとどまったのだっけ。

そう、あの言葉が頭をよぎったからだ。

——相手が変わったと感じたときは、よくも悪くも、実は自分のほうが変わっていた、なんてことがありますね

変わってしまったのはわたしのほうだった。それを教えてくれ、行く先を照らしてくれた棚橋さんは、わたしにとってのきらきら星だった。真空の絵本と同じ、宇宙人のタナハシさん。

雅也が勢いよく立ち上がった。

「そろそろ絵本が届く時間だ。戻ろうか」

「雅也のお友達のおかげね」

経営コンサルタントの同窓生が知人の童話出版社を紹介してくれ、自費で真空の絵本を作ることになった。頼子から話を聞き取り絵に修正を加えるなどして骨が折れたが、棚橋の資金協力のおかげもあり、完成へとこぎ着けることができた。

携帯が鳴る。棚橋から電話だ。ここ数ヶ月忙しくて話をしていなかったが、見本刷りが届くことはメールしておいた。

が、聞こえてきた声は見知らぬ女性のものだった。

『私、棚橋泰生の姉ですが』低い声は静かに続けた。『実は、泰生が二週間前に亡くなりまして』

第7変奏

愛の夢

園部りみあ様
神崎誠様
星正一様
金谷登季子様
綿貫星斗様
山崎啓子様

この手紙が貴方《あなた》のお手元に届いたとき、私はもうこの世にいないはずです。遺書とともにこれを残したものですから。

こんなものを受け取ってさぞ動揺されたでしょう。しかし、たまたまご縁があって少々お話をさせていただいただけの私の死のことはどうぞ重く受け止めず、ただ、そんなやつがいたなあ、というくらいに思っていただければ幸いです。

私はひどい人間なのです。

そもそも私が貴方とお会いすることになったのは、清藤《きよとう》真空《まそら》さんへの贖罪《しょくざい》の気持ちからでした。

にもかかわらず貴方は私に快く協力してくださり、感謝の言葉や眼差《まなざ》しをくださいました。そのことで大いに勇気づけられ、前に進むことができた。きちんとお礼を述べるべきだったと、あとで大いに反省しました。

改めて、本当にありがとうございました。

そして、貴方にはやはりお伝えすべきだと思うことがあり、この手紙をしたためることにした次第です。

本来ならば手書きにするべきでしょうが、貴方以外にお世話になった方が五人いることと、私の体力があまり残っていないことから、パソコンの印刷文になったことをご了承ください。

明日にはホスピスに戻らねばならず、こうした作業ができるのは今日が最後であろうと少々焦っており、推敲《すいこう》が足りず散漫な文章になるかもしれませんが、その点もどうぞご容赦ください。

少しだけ、私の人生について語らせてください。

つまらない一生ですので、興味がないと思われる方は読み飛ばしていただいても構いません。

いや、やはりできましたらお付き合いください。こんな平凡な男にも多少の波乱があり、そのために私は清藤さんに対してひどいことをしてしまったということを、言い訳と共に告白したいと考えたのです。そしてそれが、私の生きた証《あかし》なのかもしれません。

私、棚橋泰生《たなはしたいせい》は、山梨の平凡なサラリーマン家庭に第二子として生まれました。三歳年上の姉は才気煥発《さいきかんぱつ》という言葉がぴったりの目鼻立ちの整った少女で、勉強もスポーツも優秀で近所の人気者でした。姉が母のお腹の中から長所を全部持っていってしまったせいか、次に生まれたのはごくごく平凡な顔立ちの、存在感の薄い男の子でした。フニャフニャ泣いているうちにいつの間にか寝て、ふと気づくとニコニコと起きているような、そんな手のかからない赤ん坊だったそうです。

学校では、友達の輪の端っこで静かに笑っているようなタイプでした。先生から怒られることもなければ、友達から邪険にされたり仲間外れにされたりすることもない。逆に、称賛されたり憧れられたりすることもなかったのですが、小さいころはそれが普通なので、気になりませんでした。

総じて機嫌のよい子供だったと思います。両親は大らかで、目立たない息子をあたたかく見守ってくれました。

中学になると、自分の存在感のなさに多少のコンプレックスを持つようになりました。

友達が連れてきた初対面の女の子たちと集団で遊園地に行くようなことがあっても、まったく顔を覚えてもらえなかった。少しでも注目されたくてクラスの中心的存在の男子の髪型をこっそり真似《まね》したこともありましたが、誰にも気づいてもらえませんでした。

そんな私でも、高校のときには彼女ができました。「泰生くんはなんでも話を聞いてくれるから、好き」そんなふうに言われました。自分に主張がないせいか人の話を聞くことが多かったので、聞き上手だったようです。そんな些細な点でも評価してもらえたことは嬉しかった。

それからは、相手の話を聞いて共感してあげることを覚えました。「そうだよね」「わかるよ」「それは大変だったたね」といった相槌《あいづち》を打つと、相手は大変喜びました。自分に個性がない分、人に合わせることがより上手くなったのでしょう。

大学受験は少し苦労しましたが、一浪してそこそこ名の知られた東京の大学に合格し、練馬《ねりま》の小さなアパートで一人暮らしを始めました。

東京は山梨から近いといえば近いですが、生まれ育った町に特に不満もなかった私には精神的にかなり遠い場所だったので、初めのうちは都会生活に苦労しました。電車がひっきりなしに駅に入ってきたり、交差点を渡るたくさんの人々が互いに接触せずすいすい歩いていたり、夜中でも平気で若い女性が独り歩きしているのに仰天したものです。

大学には付属校があり、そこから上がってきた学生は都会人でした。私は、彼らの洗練された服装や生活態度に憧れ、田舎者と馬鹿にされぬよう彼らに同調し、周囲に馴染《なじ》むよう努めました。高度成長期になんの苦労もせず育ち、バブルがはじけたころに大学生になった私は、世間知らずで思慮が浅く、株価や不動産価格が暴落したことは自分にはたいして関係ないし、東京の大学生活は充実していて楽しいし、こんな人生がこの先も続いていくのだ、と単純に信じていたものです。

初めて人生の挫折を味わったのは就職活動でした。バブル崩壊の荒波が押し寄せてきており、企業は新卒の採用を控えていました。有名大学に通っているから大丈夫だろうという目論見は外れ、どこへ行っても面接で落とされ、己の無力さを思い知りました。人に印象を与えられる個性がない。アピールできる特技もない。こんな平凡な男は世の中から必要とされないのだ。人格を全否定されたようで、ひどく落ち込みました。

ようやく就職できたのは中規模の幼児向け教材の販売会社で、私は営業に配属されました。

直属上司は〝甲子園《こうしえん》出場を果たした野球部出身〟が自慢の四十代男性で、私を含めた六人の新卒社員を配属初日に並べて立たせ、怒号に満ちた演説を一時間以上放ちました。

――おまえたちは社会人のヒヨッコだ。まだ人間ではない。一生ヒヨコのままか、立派な人間になるかは自身の心掛け次第だ！　俺の言う通りにすれば人間になれる。人間になる気はあるか！

——我慢、我慢、ひたすら我慢だ。そうすれば根性も身体も鍛えられる。営業は根性、体力、我慢がすべてだ！

——俺も上司に鍛えてもらって営業トップを掴み取った。だから俺は上司に感謝している。おまえたちも必死に食らいつき、のちのち俺のおかげで人間になれましたと感謝の涙を流すほどに成長しろ
ある意味素直な私は、上司の言葉をそのまま受け止めました。ようやく採用してくれた会社に恩返しせねば。自分は根性も体力も我慢も足りない。もっと頑張らねば。

営業トークのマニュアルを頭に叩き込み、朝礼で売り上げ目標を叫び、一日中歩き回って売り込みをかけ、へとへとで帰社すると上司の罵詈雑言《ばりぞうごん》を一時間ほど直立不動で浴び、必要なのかもわからないありとあらゆる書類作成に追われ、くたびれ果てて狭いアパートへ帰る日々でした。

——棚橋、客はおまえを覚えてないそうだ。なんで？　おまえに個性がないからだ。もっと色を出せ。アピールしろ！　男を見せろ！

——特徴がない。色がない。ならせめて根性を見せろ。無能なやつは人の倍も三倍も努力せにゃあかんだろ！

——どうして俺の言う通りにできないいんだ。クズめ。おまえのためを思ってこんなに言

ってやってるのに！

私はクズ。他の同期は成績をあげているのに。

個性がないならせめて、根性を出さねば。

いつしか思考は停止し、ひたすら身体を動かすことのみで「自分はやれている」というプライドを保ちつつ、日々を過ごしていました。

一方で個性溢れる姉のほうは、短大卒業後三年働いたのち、結婚して実家のそばに住み、女の子と男の子をもうけていました。一見平凡ですが、相変わらず周囲を明るく巻き込みながら幸せそうで、殺伐とした私の生活とは天地の差だと感じました。

私は見栄を張って、上司に見込まれて頑張っているし彼女もできたと実家に報告していました。

そのころの唯一の救いは、営業先の子供向け英語教室にいた事務の女性と仲良くなったことです。私より一歳年下で、かわいらしくて明るい人でした。

入社して三年経ち、同期はほとんど辞めてしまいましたが、私は踏ん張りました。

彼女が結婚をほのめかしたとき、どこか逃避に似た感覚で承諾しました。両親や姉を見ていたせいか、結婚すれば自動的に幸せになれると安易に考えていた。喜びは二倍に、哀《かな》しみは半分に。

愛に満ちた家庭を、私は夢見ていました。

バブル崩壊後で質実剛健を求められる時代でしたが、彼女の希望通り派手な結婚式をあげ、荻窪《おぎくぼ》のマンションに新居を構えました。妻は専業主婦になりたい様子でしたが、私の給料だけでは心もとなく、仕事を続けてもらいました。

彼女はいつも仕事と家事の両立の大変さを私に訴えてきました。私はそれをすべて聞いてあげる良き夫を演じているつもりでした。

ただ、それはやはり演技に過ぎなかったようです。

あるとき、私のほかに唯一残っていた同期の男性社員、K君と呼びましょうか、彼が相談してきました。
――仕事が辛い。もう転職しようかな
――え、そうなんだ
――だけど、このご時世、幼児用教材の販売の経歴だけじゃつぶしがきかないよな
――まあ、そうかもしれないな
――実家は農家なんだけど、先月の台風で被害が大きくて赤字なんだ。仕送りしてやりたいけど、たいして貯金もなくて
――実家も大変なんだな

——俺、どうしたらいいと思う?

——うーん、どうしたらいいんだろうな

正直なところ、そんな相談をされても困ると思っていました。私も精神的な余裕はなかったのでしょう。

するとK君がポロリと言ったんです。

——棚橋は、聞いてるようで聞いてないんだな

その言葉は心に刺さりました。私の良さは聞き上手なところなのに、聞いていないだと? そんなことはない。こうしてちゃんと相談に乗っているじゃないか。

以来、相手の話を聞くときはさらに細心の注意を払うべく努めました。そのためか、相手の境遇や感情に共感しすぎるようになっていったのです。

相手が悲しければ自分も悲しむ。相手が怒れば自分も怒る。そうすると相手が喜んでくれる。つまり私は共感力が高いのだ、と勘違いした。

今はこうして冷静に分析できますが、当時の私は必死で、それが自分にどのような影響を及ぼすかわかっていなかった。ただひたすら、聞き上手という利点をもっと伸ばさねば、という思いだけでした。

やがて私の共感力は、奇妙な方向に進んでいきました。

パワハラ上司の感情をすべて受け止め、手足となって動いたため、彼に気に入られだ

したのです。そこに私はいない。上司のコピー人間。そんな奴が偉そうに後輩を怒鳴るのです。例えばこんなふうに。

——君たちは人間ではない。いわばクズだ。私の言う通りに動け。そうすれば人間になれるぞ

上司の優遇もあって私の成績はアップし、会社でも評価が上がった。これでいい、これで私はちゃんとした人間だ。結婚して家庭を持ち、東京で立派にやっているのだ。

そんなふうに勘違いしていた。

ある日、K君が無断欠勤しました。カンカンになった上司に命じられ、私は終業後に彼のアパートを訪ねました。室内の電気はついている様子なのに、いくらチャイムを鳴らしても出てきません。上司に連絡すると「管理人から鍵借りるなりして奴を引きずり出せ」と言われ、管理している不動産屋をようやく見つけ、鍵を開けてもらいました。

彼は鴨居《かもい》から首を吊ってぶら下がっていた。

口から下から、体内のものをすべて吐き出して息絶えた彼の姿を凝視しながら、そのとき初めて、自分がなにをしたのか悟りました。

私は彼を見殺しにした。

体調を崩してしまい、しばらく会社を休みました。妻は優しく接してくれましたが、彼女が自分の話をしようとすると私がそれを遮ったらしく、だんだんすれ違っていきました。そのときは自分のことで手いっぱいで気づきませんでしたが、彼女も職場でストレスが溜《た》まっていた。いつもは愚痴を聞いてくれる夫が病んでしまったので、彼女も精神的に追い詰められていたようです。

私が二週間後に出社すると、K君の痕跡は跡形もなく消えており、ごく普通の日常がそこにありました。上司はそっけなく言いました。

——彼には根性が足りなかった。残念だった

しばらくして、私はある日突然、会社に行くことができなくなりました。ごくごく平凡に生きてきたはずの私は、朝目覚めてベッドから起き上がるという当たり前のことすらできなくなってしまったのです。

しばらくの間は献身的に尽くしてくれた妻からもやがて愛想を尽かされ、離婚されました。

狭いアパート暮らしに戻ったときには、もうなにもかもやる気を失っていた。自分はダメな人間だ。誰からも必要とされない。このまま死んでも誰も気づかないだろう。唯一、心配して部屋の鍵を開けてくれそうな同僚はもういない……

今でもあのころの気持ちを思い出すと、呼吸が苦しくなるほどです。

音信不通になった私を心配した姉が山梨からやってきて、ゴミだらけの部屋で布団にくるまったミイラ寸前の私を救出してくれました。

東京で立派にやっているはずの私は虚像だったと実家に知られてしまい、余計に落ち込みましたが、姉はなにも聞かず、しばらくの間、淡々と世話をしてくれました。

静養と薬で私はかろうじてこの世に戻りましたが、会社は辞めました。しっかり者の姉が退職金の受け取りと失業保険の手続きをきっちりしていってくれたので、しばらくは無職でもなんとか過ごすことができました。

毎日、目が覚めてもなにもすることがない。一日中、布団の上で過ごすことも多かった。離婚の際にほとんどの家電を妻にあげてしまったので、がらんとした部屋で、ひたすらゴロゴロしていました。母が送ってくれた段ボール箱の中の食料が命の綱です。なぜだか一緒に入っていた私の古いラジオをたまにつけることが、唯一と言っていい外界との接触でした。

姉は山梨に帰ってこいと言ってくれましたが、それはできませんでした。もうすぐ定年の父は嘱託社員としてまだしばらく働くと張り切っていましたし、母は自宅で書道教室を続けていた。姉の夫は両親を大切にしてくれているし、甥《おい》っ子《こ》と姪《めい》っ子《こ》は明るく元気です。精神を病んだ私はただの厄介者でしかない。

一年ほど無為に過ごしたある日、姉から頼まれごとをしました。姪っ子があるアニメに夢中になっている、そのグッズが中野で売っているらしいからなにかゲットしてくれ、というものでした。

出不精《でぶしょう》の私を外に出す狙いだとわかっていましたが、かわいい姪のためという大義名分に背中を押され、久しぶりに電車に乗って買い物に行きました。

以前から中野ブロードウェイというビルにコアなグッズショップが多々あると聞いてはいましたが、訪れるのは初めてで、『星屑のシャイナー』のグッズ、という情報だけを頼りに、建物内を彷徨《さまよ》いました。

隠遁《いんとん》生活からの復帰戦としてはなかなかよかったのかもしれません。人々は自分の興味に夢中になっており、私のことはお構いなし。自分がクズ人間であることを、この人たちは誰も知らないと思うと、気が楽でした。

なんとかグッズを見つけ姪っ子に送ってやると、ものすごく感謝されました。それで『星屑のシャイナー』に興味を持ったんです。中野には中古のＤＶＤショップもあったので、全二十話をまとめ買いしてみました。中古のポータブルプレーヤーも一緒に求め、一気に見たんです。

そのアニメはＳＦファンタジーで、宇宙銀河帝国の片隅に生まれたシャイナーという宇宙人青年が主人公です。貧しい最下層出身の彼が勇気と才覚で帝国軍のトップにまで上り詰めるサクセスストーリー。

彼らが闘うとき宇宙に星の瞬《またた》きが生まれ、それは地球から見えるという設定です。地球上でも別の登場人物たちの物語があり、星の瞬きによって運命を翻弄されたりするのです。

宇宙と地球の登場人物たちはたまにリンクします。その様子が昔のスポ根みたいに熱かったり、かと思うと妙に現代風に冷めていたり、ときにコミカルだったりして、熱量のバランスが絶妙で、幅広い年齢層から熱狂的な支持を得たのもわかる気がしました。

私は、シャイナーのこのセリフに胸を打たれました。

——俺たちは星屑から生まれた。宇宙帝国のエリート政治家や軍人から見たら、いてもいなくてもおんなじくらいちっぽけかもしれない。けど、俺たちが闘うことで、遠い地球で道に迷った人の助けになるかもしれないいじゃないか。だから、星屑だって生きている意味があるんだ
クズだって、生きている意味がある。

私の心の錘《おもり》は少しずつ軽くなっていき、前に進もうという気持ちが徐々に芽生えていきました。とにかくもう一度働こう、そう決意して、ひとまず人材派遣会社に登録し、自分がどのような仕事に向いているのかを考えることにしたのです。

そして訪ねたのが、現在私が勤めている会社です。

私は運がよかった。

そこで〝きらきら星〟に出会ったのです。

面接官は私より十歳ほど上でした。ぽっちゃり体型の男性で、気難しげな表情を浮かべ、常にせわしなく身体を動かしていました。清水と名乗った彼は私をじっと見つめ、手元の履歴書に視線を落とし、また私の顔を凝視しました。

——棚橋さんね。うーん
彼の「うーん」に衝撃を受けました。一目で、私の至らないところをすべて見透かしたのだろうか。逃げ帰りたくなり、席を立とうとしました。

が、彼は言ったのです。

——うちで働く気、ない？

就職難の時代にこんなありがたい誘いはないはずでしたが、自信のない私は相手の言うことを素直に聞いていいものか迷い、少し考えさせてほしいと言いました。

休職中、心療内科に通っていましたが、同調しすぎないよう気を付けるように言われていました。もともと私は共感力が高いそうです。共感力というのは使いすぎると消耗するのだとか。それで今度は失敗しないようにと、ひどく臆病になっていたせいもあります。

清水部長はのんびり返事を待ってくれ、ついに私が決意して承諾すると、淡々と言いました。

——助かったよ。君はうちにとって必要な人材だと思ったんだ

必要とされた。

それは大きな喜びでした。頑張ろう。ただし、慎重に。やりすぎないように。

前の会社でも人と会うのが仕事でしたが、人材派遣会社のコーディネーターも大勢の人と会います。最初は緊張しましたが、次第に慣れていきました。

営業のときには、こちらからプレゼンをしてこう説明して、こういう展開にもっていきこう口説き落とす、とマニュアルがあった。ところが、コーディネーターの場合は相手を観察して適性を見極めることが仕事です。

聞き上手を自負していたわりに、そういう経験はほとんどなかった。ですが、どうやら私は向いていたようです。相手をよく見ながら一心に話を聞いていると、どんな人物か浮かび上がってくる。そんな能力が自分にあるとは知りもしませんでした。なにしろ私は、妻の話さえちゃんと聞けていなかったのですから。

仕事と割り切ったことがよかったのかもしれません。次第にコツをつかみ、私が登用し派遣したスタッフの評判は上々で、清水部長も満足そうでした。

一年ほど経ったころ、部長と二人で飲んだ際に、私の採用の決定打はなんだったか聞いてみたことがあります。

――色のなさだね

彼はこともなげに言いました。

――長年いろんな人を面接していると、ありとあらゆる色を見ちゃうわけよ。いや、別に顔に色がついているってことじゃなくてさ、ああこの人、こういう考えに固執しているな、とか、この人は大言壮語しがちな人だな、とか、その人のカラーみたいなものがぱっと直感でわかるわけよ。まあ、これが俺の取り柄なんだろう。だからこの仕事を続けている

そして部長は言うんです。

――君は珍しいくらい色がなかった。無色透明っていうかな。色がないってことは、誰のことも受け止められるってこと。色の薄い人はたまにいるんだけど、君の場合はその色のなさが極端だった

私は、前の会社で上司に共感しすぎて自分を見失ったことを初めて告白しました。

――なんでも素直に受け入れるタイプでしょ。ご両親の育て方がよかったんだね。誰かが言ったことを吸収して、そのまま表現するって感じ。そういう人って周囲の環境がいいとすごく伸びるんだよ。だけど、うちに面接に来たとき、その無色透明な感じが、な

んというか、消え去りそうな感じだった。ああこりゃけっこう苦労してきたなあと思った

部長は私を見てにんまり笑いました。

――だけど普通、そういう人は苦労色が濃く出ちゃうんだけど、それでも君は無色だった。それはすごい。そういう人、うちの会社に必要でしょ、と即決

無色がすごい。そんなふうに肯定されたのは初めてでした。

清水部長は私の人生の暗闇を照らしてくれた、まさに〝きらきら星〟だったのです。

再出発は順調でしたが、またしても辛いことが起こりました。皆が通る道ではあるのですが、それでも急なことだったので慌てました。

父が心筋梗塞で亡くなったのです。

ようやく気持ちが安定し仕事も軌道に乗って、これで両親にもいろいろ恩返しができると張り切っていた矢先で、私はまた途方に暮れました。

急に老けた母のために週末は必ず山梨へ帰りましたが、やがて姉から母に認知症の症状があると告げられ、会社を辞めて戻ることを考えました。しかし姉はあっさり拒否し、友人が経営する介護施設に母を入れるから資金援助してくれと言ってきました。

悩んでしまい、思い切って清水部長に相談したのです。両親に親孝行できなかった後

悔や、姉にまかせっきりの自分のふがいなさを吐露し、帰るべきかどうか聞いてみました。

──おいおい、上司に退職の相談かい

清水部長は大いに嘆いてみせたあと焼酎を二口飲み、やがて口を開きました。

──食物連鎖ってあるじゃない？

部長の話は時おりどこかへ飛んでいくので、そのまま拝聴しました。

──植物を昆虫が食べ、その昆虫を小動物が食べ、小動物をライオンとかの大きな動物が食べ、その肉食動物の死骸はバクテリアによって分解されて土に戻る。その土に植物が生えるわけだ

私はあいまいに相槌を打つのを避け、黙って聞きました。

──例えが悪かったか。ようは、自然には自然の流れってものがあるじゃない。だから恩を受けたらその人に返すとか、そんなに堅苦しく考えなくてもいいんじゃないかって言いたいのよ。帰って介護をするつもりかもしれんが、生半可な覚悟じゃできないって聞くぜ。誰かが誰かのために一方的に尽くすなんて無理だ。そんな関係はすぐに壊れちゃうよ

胸を衝かれる思いでした。

前の上司に尽くしているつもりだったが、それは形だけのことで、私は壊れてしまっ

た。また、私は妻を支えているつもりだったが、それが嘘っぱちの感情だとわかったとき彼女は離れていった。K君の相談に乗っているつもりが、彼を逆に追い詰めた。一方的に尽くすのは無理……

——お姉さんは、施設に入れようと言ったんだろ。お母さんを身近で診《み》ている人の判断に従ったほうがいいんじゃないか。それに、資金援助だって立派な世話だよ

——ですが、直接恩返しできなかったことをのちのち悔やむような気がします

——やってもやらなくても後悔することはある。それに、相手に返せなかったら別の誰かに別の形で返すんでもいいと思うぜ

——別の誰かに、ですか?

——例えば、俺に返してくれてもいいんだよ。部長もう一杯どうですか自分が奢ります、とかさ

私が苦笑してお代わりを頼むと、部長は満足げに言いました。

——棚橋くんはたくさんの派遣スタッフの世話を立派にやっている。そんな君を、ご両親は誇りに思うだろう。だからうちでの仕事だって、育ててくれた親御さんへの恩返しのひとつになるんじゃないかな

私はありがたく上司に説き伏せられ、もうしばらく東京で頑張ることにしました。別の誰かに別の形で返す。

この意味を追求してみようと思ったのです。

ほかにもいろいろと学びなおしました。

共感力とはなにか、共感しすぎたらどうなるのか、逆に、共感できないと思う相手にはどうしたらよいか。自分の特性はなにか、欠点はどこか、どうしたら今の仕事に自分の特性を活かせるか。本を読んだり講習会に参加したりと努力しました。

すると、学んだことが実務に役立つときもあり、仕事が楽しいと思えるようになりました。私はようやく前に進めるようになった。これからまだまだ楽しいことがあるに違いない。意気揚々としていました。


私のつまらない人生でも、語るとそれなりに長いですね。貴方に関わりのある部分はこれから始まります。

あれは忘れもしない、五年前の三月十一日。誰にとっても忘れがたい日かもしれません。

中野にある取引先を訪れた帰りでした。大久保《おおくぼ》通りを駅方面に向かって歩いていたとき、急に電線がうわんうわんと揺れているのに気づいたんです。

次第に波は大きくなり、周囲からガシャンガシャンと音が聞こえてきた。地面が轟音《ごうおん》をたてている！

あとで考えると、あれはビルや電線の音だったのでしょうが、私には、地球が人間に復讐《ふくしゅう》している音だというふうに感じられました。安全で快適だと信じていた東京の街が突然、なにか恐ろしい魔物に変貌してしまったかのようでした。だから、恐いというより畏敬の念というか、ああ、地震ってこういうものなのか、というどこか他人事のような感覚でいました。それも一種のパニック状態だったのでしょう。

私はとっさに部長の携帯に電話をしてみました。繋がりません。そのとき初めて、これはけっこう大変なことになった、と恐怖を覚えました。

ようやく揺れがおさまり、周囲のビルから人がわらわら出てきました。みんなどこへ行くのだろう、私はどこへ行ったらいいのだろう……

ふと、道路の脇に座り込んで顔を伏せている人に気づきました。女性です。

「あの、大丈夫ですか」

声をかけると、彼女は戸惑った様子で顔を上げました。幼さと、妙に落ち着いた大人の雰囲気が同居したような女性で、古びた紺色のコートを着ていました。彼女の額にはすうっと一本傷がついており、血がにじみ出ていました。

「なにか飛んできたみたいで」

彼女が手で触れようとしたので、私はとっさにハンカチを出してあてがいました。

足元にはガラスのようなものの破片。見上げるとビルの外看板の端が、少し欠けていました。

「あれで切ったようですね。傷は深そうですか」

「いえ」彼女は申し訳なさそうに私のハンカチを握りしめていました。「そんなに痛くないので大丈夫です。すみません、これ洗ってお返ししますね」

私はさらに、鞄に入っていた絆創膏を渡そうとしましたが、彼女は慌てて断ってきた。遠慮しすぎて、人からの厚意をすんなり受け取れないタイプだろうと察し、強引に押し付けました。

「今できることは、今しておきましょう。それに、親切は巡るものですから、きっと私のところには別のいいことがあるでしょう」

よく派遣スタッフに対して使う言葉でしたが、彼女はひどく納得した様子で私の顔を見つめ、素直に絆創膏を額に貼り付けてくれました。

「電車は動いているのかな。あなたはどちらへ？」言いながら私は再び携帯を取り出しました。会社から指示があるかもしれないと思ったのですが、画面は真っ暗でした。

「あれれ、電池切れだ」

すると彼女が、自分の携帯を使ってくれと言ったんです。ありがたくお借りして会社にかけてみると数回目で繋がり、震源地は東北《とうほく》だが都内は交通マヒしそうだから、今日は直帰していいとの指示でした。

ていたな」

「助かりました」彼女に携帯を返しました。「連絡が取れなかったら会社に戻ろうとしていたな」

彼女の家は駅の向こう側だったので、駅まで共に歩きました。

私が名刺を出すと、彼女は清藤真空と名乗り、少し恥ずかしそうに言いました。

「今は、求職中でして」

私は軽い気持ちで、よかったら派遣スタッフに登録しませんかと勧めました。

駅で別れようとしたらすでに電車は動いておらず、私はそのまま西荻窪《にしおぎくぼ》のアパートまで歩いて帰ることにしました。彼女はバッグから単三の電池四本パッケージとロールパンが五個入った袋を取り出し、無理やり渡してくれました。

「買い物の帰りでたまたま持っていたので。ハンカチと絆創膏のお礼です」

断ろうとすると「私が今できることはこれくらいなので」と力強く言われました。

そのときの彼女の瞳はなんだか清々《すがすが》しいほどきれいでした。私は申し入れをありがたく受け取り、増えてきた人の流れにのって歩いて帰りました。

途中でコンビニかスーパーに寄ることを思いつかなかった私は、二時間ほどでようやく帰りついてから、家に食料がないことに思い至りました。慌てて近所のコンビニに行くと、パンやカップ麺、弁当などすぐに食べられそうなものはすべて売り切れ。電池もありませんでした。

パンと電池がこんなにもありがたいと思ったのは初めてでした。あの地震による様々な悲劇はとても深く心に刻まれていますが、私にとっては清藤さんと交わした数分の会話が、あの日最も印象に残った出来事となりました。

混乱の数週間が過ぎたころ、彼女が連絡をしてきました。派遣スタッフに登録したいとのことで、私はお礼もしたかったので中野まで行くと伝えました。彼女は恐縮しましたが、会社に来てもらってはお礼の品物を渡すことができないので強引に押し通しました。

実はあの地震の日は、久々に中野へ行ったので帰りにグッズショップを覗いてみようと目論んでいたのですが、それどころではなく帰ったわけです。

それで、前回のリベンジも兼ねて、と中野での待ち合わせにこだわりました。それ以来、彼女との打ち合わせの多くが中野待ち合わせになったのですが、これも後に、私が後悔する一因となりました。

私たちは商店街のカフェで会いました。駅から近く、わかりやすかったからです。紺色のスーツ姿の清藤さんは落ち着いた雰囲気ではあるものの、ひどく緊張した様子でした。改めて、私は人材派遣会社のコーディネーターとして彼女を見つめました。

真面目。控えめ。指示されたことはきっちりとこなすタイプ。もし興味のもてる仕事に出会ったら、探求心を発揮して伸びるタイプ。決して前に出すぎない。むしろ、人のために尽くしすぎるタイプ。どんな経験をしてきたのか。なぜ今は失職しているのか。そんなことを一瞬で考えました。

彼女は履歴書を出し、最初に言いました。

「私、施設出身で身寄りがないんです。それでも大丈夫でしょうか」

このことが彼女の就活のネックなのだろう。信頼のおける人物だと感じました。

彼女が亡くなってから知ったことも含まれますが、清藤さんはシングルマザーに育てられ、十三歳で病気の母の看護や家事を担い、中三のとき母を亡くして施設に入り、商業高校卒業後は自立して働いていたそうです。

私は、出自を気にする企業も確かにあるが、本人の人柄や能力のみで判断する会社もあるので、希望に添えそうな企業を紹介する、と約束しました。

それからあの日のお礼として菓子折りと電池をたくさん渡そうとすると、彼女は恐縮しました。

「こんなにいただくことはできません」菓子折りだけ受け取り、電池は断固拒否するんです。「そもそもあのときは、ハンカチと絆創膏のお礼だったのですから」

当時、私の部屋にはテレビがなく、あの電池のおかげでポータブルラジオから情報を逐一得ることができたのだとしつこく伝えましたが、彼女は頑なに拒否します。

「では、これはどうでしょう」ちょっと意地になってお礼を渡したくなり、私はバッグについていたキーホルダーを指しました。「提携先の企業から偶然もらったUSBメモリのカバーです。『星屑のシャイナー』という一時期流行ったアニメのグッズで、今でも人気があるんですよ。まあ、幸運のお守りみたいなものです。私は他にも持っているので、よかったら是非これを」

清藤さんは、根負けしたように言いました。

「幸運のお守りということでしたら」彼女はそれを受け取ると、乏しい表情の中にうっすら笑みを浮かべました。「なんだかかわいらしいキャラクターですね」

受け取ってもらえた安堵で、それきりそのカバーのことは忘れてしまいました。

その後、私は新宿の建築デザイン事務所の事務の仕事を彼女に紹介しました。通常なら専門的な知識をもつ人材を派遣すべきですが、会社からは、すぐに来てもらえて事務がひととおりできて気の利く女性、というリクエストだったので、彼女ならやってくれると直感したのです。清藤さんが希望していた収入には少し足りませんでしたが、彼女は引き受けてくれた。

私の見立て通り、彼女はよく働いてくれました。企業から人物評価シートが会社に来るのですが、九十八点だった。ひとまず安堵しましたが、派遣社員は残業がないので、余分に稼ぐということはできない。幸い、彼女の契約は兼業可でしたので、夕方や土日にいくらかでも稼げる仕事はないかと気にかけていたところ、清水部長が声をかけてくれました。

――副業を探している子がいるって言ってたよね。中野の弁当屋さんで週三回くらい夕方の混む時間や土日に入ってくれたらっていうリクエストがあるけど、どうかな。俺がいつも寄る弁当屋なので、会社通さなくていいからさ
　ありがたく連絡させていただくことにしました。

――その代わり、今夜はこの書類の入力頼むよ。ついに中山哲次郎がライト級のタイトル取れそうだからさ。チケット取れたから、これから後楽園《こうらくえん》だ
　どうぞ行ってらっしゃいと部長を送り出し、私は彼女に連絡して直接バイト面接を受けるよう話しました。

　ほどなく、バイトが決まったとメールがあり、その後は、仕事上の連絡以外に彼女との接点はありませんでした。

　私にとって清藤さんはたくさんいる派遣スタッフの一人で、たまたま出会いが特殊だったというだけのことでした。ひょっとすると貴方は、私と清藤さんが恋人同士だったのではと思われたかもしれませんが、そういうことはまったくなかったのです。

　ただ、彼女と私には共通項があるように感じていました。それは共感力の部分だったと思います。彼女も色がないタイプだ。相手に共感して、相手のために尽くしてしまい、

時に自分を見失う。きっと辛い体験を経て、あのように決して感情を見せず、情熱を隠して生きているのだろう。そんなふうに感じていました。

そして二年前の四月。

貴方もニュースなどでよくご存じでしょうし、お会いした際にも触れました。思い出したくない事件ですが、私はなんとしてもあのときのことを伝えねばなりません。なぜなら、私が清藤真空さんを殺してしまったからです。

あの日、契約更新書類にサインをもらうため、いつものように中野で待ち合わせました。

彼女が必ず待ち合わせの十分前に来ることは知っていました。設計事務所の評価でも彼女の出勤時間は常に十分前だと書かれていましたし、実際に彼女との待ち合わせでたまたま私が十分ほど早く着いたときにも彼女は来ていました。そして、店を指定しても必ず入口で待っていた。中に入ってお茶を飲んでいてくれと言っても、です。

私は約束の時間よりも二十分以上早く中野駅に着きました。彼女の習慣を熟知していたのですぐにカフェに向かえばよかった。なのに、私はあろうことか寄り道を思いついてしまった。

運命の二十分間、私は中野ブロードウェイ二階のグッズショップにいたのです。五分だけ冷やかして、すぐにカフェに向かうつもりでした。ところが興味を惹くものを見つけてしまった。

『星屑のシャイナー』のメタルカード、シャイナーとブライトンの二人が描かれているというレアグッズで、三万五千円の値札がついていた。財布にはちょうどそれくらいの金が入っていた。これだけレアでは次に来たときにはもうないだろう。現に、私の隣に陣取った青年がしきりと覗き込んできます。もし私がそれを元の場所に戻したら、彼は間違いなくそれを買ったでしょう。迷いに迷って、結局それを買いました。

そんなことをしていたら約束の時間が迫り、私は小走りに階段を駆け下りて商店街に入りました。

悲鳴、うめき声、怒号。むかつくような血のにおい。逃げまどう人々……

肌がちりちりと危険を感じ、私は立ちすくみました。なにかが起きている。とてもまずいことが。

が、次の瞬間、私は倒れているスーツ姿の女性に目がいきました。あれは、清藤さんでは？

恐る恐る近づきました。間違いない。

「清藤さん？　大丈夫ですか」うつぶせの彼女の肩にそっと手を置くと、私の手が赤く染まりました。「清藤さん！」

夢中で抱き起こした彼女の首は潰れたザクロのように赤く醜く染まっていた。眼《め》は閉じられ、顔色は青く、生気がなかった。

「なにが起きたんですか！　しっかりして！」

私はパニックを起こし、そんなことをしてはいけなかったかもしれませんが彼女の傷口に手を置いて必死に血を止めようとしました。しかし、無駄でした。

呆然と周囲を見渡すと、数メートル先で痩身の男が踊るように跳ねていた。高々と上げた手には刃物が揺れ、足を交互にあげている。まるで、なにかのステップを踏んでいるように見えた。鎌を掲げたガイコツの、死の舞踏。

恐怖で身体がすくみました。

そのとき、清藤さんの右手がふわりとあがりました。その手が、指を動かします。何度も同じような動きをしているように感じ、私は必死にそれを見つめました。

親指、親指、薬指、薬指、小指、小指、薬指。薬指、薬指、中指、中指、人差し指、人差し指、親指。

なにを言いたいのだろう。犯人？　仕事のこと、それとも別に伝えたいことが……

とっさに指の動きを携帯で撮影しましたが、やがて彼女はこと切れました。

あのときのことは、どこか幻想的な、遠くの世界での出来事のような、そんな記憶として残っています。

若い女性が走ってきて清藤さんの名前を連呼しながら泣いていたこと。警察が駆け付け犯人を捕らえたこと。救急隊があっという間に清藤さんを運んでいったこと。気づけば警察署にいたこと。しばらくして清藤さんが亡くなったと聞いたこと……

ただ一点、刑事さんの言葉だけは鮮明に覚えています。

——すべての殺傷はたった五分の間に起きたようです

私がグッズショップで購入を悩んでいる間、清藤真空さんは商店街のカフェの前で、律儀に私を待っていた。

犯人は清藤さんにいきなり切りつけ、喉をめった刺しした。周囲の人間に次々と襲い掛かり、四人に重軽傷をおわせたのち、彼の信じるなにかの神のためにダンスを踊った……


私が彼女を殺した。

あの日以来、そのことが頭から離れたことはありませんでした。

意気地なしの私は『星屑のシャイナー』のメタルカードもアニメのＤＶＤもすべて捨てました。彼女の指の動画だけは消去できず、かといって見返すこともできずにそのままにしていました。

周囲は私に同情や慰めの言葉をかけてくれました。そんな現場に居合わせるなんて不運だったな。でも巻き込まれなくて幸いだよ。

私は静かに微笑み続けました。

なんて卑怯《ひきょう》な。おまえが自分の趣味を優先させなければ清藤さんを救えたのに、そのことを告白しないつもりか。おまえは狡《ずる》い。偽善者だ。私はなにも知りませんってか。清藤真空が死んだのはおまえのせいなのに。

心療内科の先生は、事件の目撃者になれば誰だってショックを受けると慰めてくれ、仕事を少し休んではとアドバイスしてくれましたが、私は続けました。

不思議なことに、私はいつもの顔といつもの態度で、ごく普通に仕事をこなすことができました。

こんなに罪悪感を抱えているはずなのに、なぜだろう。

やがて気づきました。結局、私は自分がかわいいだけの人間なのだ、と。

同期が自殺したあと会社に行かれなくなったのは自分の境遇が辛かったからで、決してK君に対して同情や悔悟の念をもったからではなかった。

私には色がない。清水部長はそれが長所だと褒めてくれた。だが、色がないのは主張がないことだ。いつでも周囲に合わせられるよう目立たぬようにしているだけ。

突き詰めて言えばそれは、誰よりも自分が大事で、自分を守りたいだけなのだ。

私は自己保身の塊だ。

この年になってようやくそんなことに気づき、愕然《がくぜん》としました。

これまでの自分はすべて嘘っぱちで、なんら実《じつ》のない人生を送ってきたのだと思うと、虚しくなりました。

姉との約束があったので、仕事は続けました。母のために資金援助をする。それが唯一、私の責務でした。


事件から一年あまりが過ぎた夏ごろ、眩暈《めまい》や吐き気などが頻繁に起き、見かねた部長に勧められ、診察を受けました。薬をもらう程度だと思っていたのに大きな病院を紹介され、検査が続き、やがて、すい臓がんで余命八ヶ月と宣告されました。

罰が当たった。

そう思いました。

ひととおり悲嘆にくれたあと、私は自分の後始末を考えました。生命保険に加入していたので、姉との約束はそれで賄《まかな》える。母よりも先に逝ってしまう親不孝は申し訳ないが、幸か不幸か母はもう私の顔を覚えていないので悲しむことはないだろう。仕事は後輩に引き継げばよい。人材はほかにいくらでもいる。

なにが残るだろう。

なにもない。私の人生はそんなものだった。ただ、清藤さんへの悔悟の念だけを持ってあの世へ旅立つのだ。思い残すことがないと、意外とあっさり逝けるものなんだな。そんなふうに冷静になれました。

十月の中旬に、事件の判決が出るというニュースを見ました。いつまでこうして動き回れるのだろうと思ったら、裁判所に行ってみようという気持ちになりました。

傍聴は抽選でしたが、席を確保できた。清藤さんが「ちゃんと見届けてください」と言っているように感じました。

事件のときに清藤さんに駆け寄って泣きじゃくっていた若い女性を、通路の向こうの席に見かけました。彼女は判決を聞いて涙を流した。

私は、はたと気づいた。清藤さんの死のあと、彼女のために泣いたことがあっただろうか……

裁判後、思い切ってその女性に声をかけました。なぜだか、清藤さんの最期の指の動きについて聞いてみたいと思ったからです。ずっと気になっていたにもかかわらず、向き合うことを避けてきた、あの指の動き……

私は裁判中にこっそり動画を見直して覚えた指の動きを、彼女に示してみました。

その女性はこう言いました。

――ド・ド・ソ・ソ・ラ・ラ・ソ……では？

清藤さんは『きらきら星』のメロディを宙のピアノで弾いていた。そこにはきっと意味があるはずだ。

それで、私は決意しました。彼女が最期に伝えたかったことを調べてみようと。それが、残り少ない人生で唯一、彼女にできる謝罪のような気がしたからです。

まずはメロディについて調べてみると、様々なタイトルや歌があり、驚きました。

もとはシャンソン。娘が母親に恋をしていることを打ち明ける歌。

そしてモーツァルトが変奏曲にして世界中に知られることとなる。

その後、あの有名な歌詞がつきます。

トウィンクル・トウィンクル・リトルスター

ハウ・アイ・ワンダー・ホワット・ユー・アー……

ジェーン・テイラーという詩人の詩です。

のちにその歌はマザーグースに認定されます。

替え歌として『ABCの歌』や、他にもいろいろと使われていました。甥っ子に鍵盤ハーモニカで弾いてもらいましたが、実に単純なメロディで、ドからラまでの六音しか使われていません。でも、とても耳に残る心地よいメロディですね。

清藤さんはその曲の、どんなことを伝えたかったのか。


私は、清藤さんがいた児童養護施設『希望園』に電話をしてみました。親族のいない彼女を一番知っている方がいるだろうと考えたからです。とても勇気がいりましたが、時間がないのだからと、自分を励ましました。

しかし園長には会ってもらえませんでした。衝撃的な事件でしたから興味本位で連絡をしてくる人はたくさんいたのだと思います。

早くも挫折しそうになりながら、思い切って裁判で会った若い女性を訪ねてみることにしました。

彼女は清藤さんのバイト仲間でしたので、その職場を訪ねました。彼女は、清藤さんはやはり童謡の『きらきら星』を示していたのでは、と言ってくれました。そして、清藤さんが勤めていた会社の社員の名前を思い出してくれたので、図々しくもその男性を訪ねてみることにしました。

その社員は、清藤さんの仕事ぶりを褒めてくれました。人材派遣会社のコーディネーターとして、そして個人的にも、とても嬉しかった。こんなふうに他人のことで感動したのはいつ以来だろうというほどでした。

そして彼は、清藤さんが夜空の絵に興味を持っていたことを思い出してくれました。

次に会いに行ったのは清藤さんが通っていた図書館の司書の方です。彼は、清藤さんと面識を持つボランティアの女性を教えてくださった。それで、さらに図々しくも私は、そのご婦人を訪ねました。

ご婦人は清藤さんに絵の描き方を教えたこと、モーツァルトの『きらきら星』のピアノ演奏を聴いた彼女が感動していたことを話してくれ、さらに彼女が忘れていったUSBメモリを保管してくださっていました。

それは私が渡した『星屑のシャイナー』のキャラクターがついたカバーに入っていました。彼女が大事に使ってくれていたことを知って心が震えました。

そのUSBメモリにはフォルダがひとつ入っていましたが、パスワードがわからず、開けることができなかった。

そこへ、ご婦人のお孫さんを教えているピアノ家庭教師の青年がやってきました。彼はご婦人が持っていた『きらきら星』の七変奏の譜面を初見で見事に弾き、それだけでも大感激でしたが、なんとパスワードをあっさり解いてくれました。

フォルダには『きぼうえんのキラキラ星人』という書きかけの文章。

それで私は、再び決意して希望園に電話をかけた。今度は園長が会ってくださるというので、訪ねていきました。そこで、清藤さんが描きたかった絵本の下絵ともいうべきスケッチブックと出会いました。彼女が気にかけていたY子ちゃんという少女が所持していたのです。その少女のおかげで、物語の全容を知ることができました。

ここからは推測です。

清藤さんは希望園のY子ちゃんのために絵本を作ろうと思い立った。事件の三、四ヶ月前あたりのことでしょう。

題材に『きらきら星』を選んだ理由はわかりませんが、ひょっとするとUSBメモリカバーの『星屑のシャイナー』から着想を得たのかもしれません。

彼女は図書館で夜空の絵の本を借りたり、『きらきら星』に関することを学んだり、ボランティアのご婦人から絵の描き方を習ったりして、内容を考え続けた。

おそらくおおよその構想はあったのでしょうが、事件の一週間前に素晴らしいピアノ演奏を聴く機会に恵まれた彼女は、一気にストーリーを作り上げ、それをY子ちゃんに語った。彼女の絵本はもうすぐ完成というところまで来ていた。

ところが事件に遭ってしまった。たまたま最期に居合わせた私に、絵本の存在を知らせるべく、口のきけなくなった彼女は右手で〝ドドソソララソ〟を奏でた……


物語は、きぼうえんにいる少女が宇宙人と出会って、あちこち旅をして回る。出会った動物を助けると、そのお礼にもらったものが、次の動物の役に立つ、といった内容で、まるで変奏曲みたいに物語が続いていきます。

少女と一緒に旅をする宇宙人の名前は……

〝タナハシ〟


私を物語に登場させるほどの感謝の気持ちを、清藤さんが持ってくれていたとわかったとき、涙が止まりませんでした。

なにも成し遂げていない、誰の役にも立っていない。そんなふうに思っていた私を、清藤さんは救ってくれた。彼女は私を、誰かをみちびく〝きらきら星〟に例えてくれた。私こそ、彼女にみちびかれたのです。私の人生に意味があったと教えてもらった。


清藤真空さんのことをいろいろな人が語ってくれました。

真面目、物静か、達観している、情熱を秘めている、優しくされることに慣れていない、人に頼らない、謝られることが辛いと感じるようだ、なにかしてもらっても返せないのでしてもらわないほうがいいと思っている……

彼女は、貴方や私や他のたくさんの方に出会って、精一杯生きた。

そして、ウイットに富んだ、愛と夢に溢れた物語を紡いだ。

人はなかなか変われないものですが、物語には彼女自身の変化も描かれていると感じました。例えば、返せないので親切を受けたくないと思っていた彼女が、「親切は巡るものです」と私がなにげなく言った言葉を使ってくれたりしています。

清藤真空さんは学ぶ喜びを知り、人に教えを請う勇気を持ち、親切を循環させようと考え、情熱的に絵本を作ったのです。

その変化をもたらした、言わば彼女の〝きらきら星〟は、貴方であり、他の皆さんであり、ほんの少しだけ私であったのだと思います。

希望園の園長とそのご主人が、この物語を絵本として出版すべく尽力してくださいました。もし間に合えば、この手紙とともに現物がお手元に届いているでしょう。間に合わなくても後日必ず届くはずです。素晴らしい内容です。どうぞご堪能《たんのう》ください。

昨秋に貴方にお目にかかってからまもなく、私の病状は加速度的に悪化し、今年の初めに会社を辞めて実家のそばのホスピスに入りました。

こんな形で山梨に戻るとは本当に情けなかったですが、調子のよいときは介護施設の母に会いに行ったり、姪っ子や甥っ子と食事をしたりして過ごしました。

姉とも子供時代以来、二人きりでたくさん話をしました。

余命はとっくに過ぎましたが、清藤さんの絵本の完成を支えに踏ん張りました。あの世にいくときに彼女に報告したかったのでしぶとく粘り、宣告よりも半年以上余分に生き、家族との時間を持てたことはありがたかった。

ただ、そろそろ限界のようです。

絵本を手土産にすれば彼女に謝ることができそうだ。それが死への恐怖を和らげてくれています。

そして貴方にも出会えてよかった。おかげさまで前に進むことができました。

どうか貴方も、みちびきの星、きらきら星にたくさん出会うことができますように。

そして、貴方も誰かのきらきら星になりますように。

そんなふうにして、小さな明かりがいつもそこここに灯《とも》っていれば、人々はきっと穏やかな気持ちで日々を過ごしていくことができるのでしょう。


人は誰でも誰かのきらきら星になれる。

もし私がこの世にいる意味があったとしたら、それは、そんなことを人々に伝えることだったと、そう信じたいです。

棚橋泰生

後奏

園部りみあは、もう何度読んだかしれない手紙をていねいに折りたたみ、封筒に入れた。

十二月下旬の冷たい風が頰をなぜる。

白い息を吐きながら、心の中で話しかけた。

——真空《まそら》さん、今日もかなり緊張したけれど、みなさんに真空さんの絵本をちゃんとお伝えすることができましたよ。あたし、頑張っています
手紙を受け取ったことがきっかけで知り合った東中野のマダムから誘われて始めた絵本読み聞かせのボランティア活動は、今日で三回目だ。ようやく少し慣れてきたが、子供たちや親御さんの目を見ながら話をすると、やはりどっと疲れが出る。そんなときはお守り代わりのように持ち歩いている棚橋の手紙を開き、改めて元気をもらうのだった。

——棚橋《たなはし》さん、朗読を聞きにきた人の手の色が寂しそうだったり苦しそうだったりしたら、あとで必ず話しかけてみているんです。あたしの能力がなにかの役に立てたらいいなと思って……

自然な笑みを顔に浮かべて手紙をバッグにしまったりみあは、恋人の勇樹を待ちつつ

四季の森公園の華やかなクリスマスイルミネーションを眺めた。

暮れゆく空へ視線を移す。星はまだ、瞬《またた》いていない。

公園の端のイベントコーナーから歓声が聞こえてきた。天使の格好をした子供たちがカラフルなハンドベルを持って壇上に並んだところだ。

聞こえてきたのは、凜《りん》としたあたたかい音色。

ド・ド・ソ・ソ・ラ・ラ・ソ・ファ・ファ・ミ・ミ・レ・レ・ド……

きらきらした音粒《おとつぶ》は聴衆の心に共鳴し、やがて、聖なる夜を祝福すべく天へと舞いあがってゆく。

りみあは右腕を薄暮の空に伸ばし、ベルに合わせて無色透明な鍵盤を叩いた。その手は、幸せに満ちたレモンイエロー色。

あたしも、誰かのために奏でることができたらいいな。
みちびきの曲を。

解説

北村浩子

「名もなき人たちの人生に光を当てた小説」

本の帯やブックレビューのタイトルに、そんな文言が使われることがある。名もなき人。「有名」の対義語である「無名」をほどいた言葉だ。地味に、地道に生きてきた市《し》井《せい》の人という意味。

ほとんどの人は、後生に名を残さない。言ってみれば誰もが「名もなき人」だ。けれど、当然のことだが名前を持たない人はいない。皆それぞれの名のもとに、それぞれの人生を生きている。

この『みちびきの変奏曲』で、もっとも名前を口にされる（思い出される）のは、清《きよ》藤《とう》真《ま》空《そら》だ。彼女はたった二十数年しか生きられなかった。物語は、彼女の命を奪った人物に無期懲役の判決が下されるところから始まる。傍聴席でそれを聞いていた棚橋泰生《たなはしたいせい》は、真空のアルバイト仲間の園部《そのべ》りみあに、真空が死の直前に示した右手の指の動きについて思い当たることはないかと尋ねる。棚橋は真空が登録していた人材派遣会社の担当者で、彼女の死を目の当たりにしていたのだった。

冒頭の数ページを読んだとき、「殺人事件の真相」を棚橋が探る話なのかと思った。著者の内山純は、ミステリーの登竜門とも言える鮎川哲也《あゆかわてつや》賞を2014年に受賞し、レトロなビリヤード場が舞台の『ビリヤード・ハナブサへようこそ』でデビュー、以降、デンマーク料理の店というユニークな場所に登場人物たちが集う『土曜はカフェ・チボリで』、不動産会社の営業マンが奮闘する『新宿なぞとき不動産』と、いずれも日常の謎を扱った連作短編集を発表してきた。登場人物がクロスする仕掛けもあり、どの作品にも軽妙さとにぎやかさがあった。

しかし、今回は趣が違う。静かで、どこかうっすらと哀《かな》しげな空気が漂っている。棚橋が探るのは、彼女が殺された理由ではない。真空が指の動きであらわしたかったこと、彼女の「遺言」を突き止めたいと思っているのだ。

遺言は、音だった。ドドソソララソ。真空が宙でなぞったのは、誰もが知っている「きらきら星」のメロディなのではないか――。

棚橋はその予想だけを手がかりに、りみあをはじめとする、真空と濃淡さまざまなかかわりのあった人たちを訪ねていく。あのメロディはもともとはフランスのシャンソンだったこと、モーツァルトの変奏曲がこの曲を有名にしたこと、トゥインクル、トゥインクル、リトルスターと歌う歌詞はマザーグーズから来ていること……メロディの「プロフィール」がひもとかれるのと並行して、棚橋が話を聞く人たちの人生の一端が明かされてゆく。

幼児期の体験から人の顔を見られなくなったりみあは、そのハンディを「相手の手を見る」力で密《ひそ》かに埋めている。手の持ち主の機嫌だけでなく、企《たくら》みや心の気配が色で見えるのだ。

りみあの目に、棚橋の手は無色透明に映る。穏やかで落ち着いていて、攻撃的なところがまったくない。そんな手を見たのは初めてで、りみあは思わず自分の秘密を打ち明けてしまう。

「それはおそらく、共感力のなせる業《わざ》ではないでしょうか」

個人的な失敗を淡々と口にしながら、棚橋は説得力のある言葉でりみあを静かに励まし、肯定する。その励ましに小さな勇気をもらい、今までできなかったことをやってみようとりみあは決意する。人を思いやる言葉が人のエンジンに変換される展開に、心がほんのり温かくなる。

一転して、と言ったらいいか、棚橋が次に会うことになる神崎《かんざき》誠《まこと》は常にカッカしている男だ。真空が勤務していた新宿の建築デザイン会社の、職人気質《かたぎ》の一級建築士。真空と親しいわけではなかったが、棚橋の、人を安心させるたたずまいに神崎は警戒心を解いて、彼女にまつわることを思い出そうとする。信頼のおける堅実な仕事ぶり、交わしたささやかなやりとり。

辿《たど》られた記憶の中にあった、星《ほし》という図書館司書の情報は棚橋を喜ばせる。一方で、神崎も棚橋から大事なものを受け取っていた。行き詰っていた仕事のインスピレーション、人と接するときの心の姿勢。彼もりみあと同様、棚橋との会話を自らきっかけにし、自らの内部に風穴を開けて前へ進もうとする。

ギャンブル好きの星が登場するエピソードは、間奏のように短くてコミカルだ。借金取りに追われている彼の目下の懸案は、別れて暮らす娘の結婚の祝い金。少しでも金を節約しようと、棚橋を大井《おおい》競馬場へ連れて行き、馬券代もビール代もいつの間にか棚橋に出させる。そのちゃっかりぶりがいちいちおかしい。

小狡《こずる》いけれど、どこか憎めない人なつこさを持っている星。彼は真空につながる人物として、図書館で読み聞かせボランティアをしている金谷登季子《かなやときこ》の名を棚橋に伝える。星からの連絡で登季子は久しぶりに真空を思い出すのだが、この章から物語はゆるやかにうねりを見せ始める。

登季子は渡せずじまいだった真空の忘れ物を探す。入っていた納戸の棚の奥には、登季子自身の忘れ物も密かに眠っていた。50年近く前の淡い恋の相手、中津川《なかつがわ》から贈られた楽譜。彼は登季子が通っていた大学のピアノ科の非常勤講師だった。

登季子は彼が弾くきらきら星変奏曲を、たったひとりで聴いたことがある。モーツァルトのそれは12のバリエーションだが、中津川が弾いたのは7つの変奏、つまり彼のオリジナルだった。登季子に捧《ささ》げられた唯一無二の曲。

フランスへ渡ると言った彼に、ついて行くと言えなかった。別れて何年もしてから、当てつけのように楽譜を送ってきた中津川を登季子は憎んだ。疫病神。苦い記憶を蘇《よみがえ》らせた棚橋を迎える時、彼女はそう思う。

しかし、平凡な風貌のこの男性が持つ稀有《けう》な雰囲気に、登季子の心はほぐされていく。今まで気づかなかった楽譜上の13文字。彼の目が発見したそれは登季子の思い出の色を塗り替え、人生に新たな視点を与える。

彼女が棚橋に与えたのは、登季子が描いた夜空の絵に真空が強い関心を寄せていたという情報と、「遺品」のUSB。棚橋が求めるピースが少しずつ揃《そろ》っていく。そして読者もこのパートで、「変奏」と表記される章の数がなぜ12ではなく、7つなのか分かるのだ。

中津川の遺《のこ》した変奏曲は、音大生の綿貫星斗《わたぬきせいと》によって再現される。プライドと劣等感、強い承認欲求がないまぜになった心を抱え、時に人を見下すことで精神の安定を図っている綿貫が、楽譜と一体になってきらきら星の世界に没頭していく場面は、小説の山場のひとつだ。綿貫はＵＳＢのパスワードを突き止め、棚橋の探求にも大いに貢献する。真空がこの世に残したかったものの輪郭が明らかになり、ついに棚橋は彼女が育った児童養護施設へ足を運ぶ。

その「希望園」が舞台になる第６変奏は、いきなりサスペンスフルだ。園長の山崎啓《やまざきけい》子《こ》は、夫の雅也《まさや》に強い不信感を持っている。経営コンサルの女性と結託して施設の土地を売ろうと画策している、邪魔な自分を亡き者にしようとしていると疑念を抱き、殺される前に殺してしまおうと考えている。

夫が飲むドリンクに農薬を入れたとき、棚橋が園にやって来る。彼は真空がＵＳＢに保管していた童話の構想のようなファイルを啓子に見せ、促《うなが》す。「彼女のことを話していただけないでしょうか。どんな少女だったのか」

真空はヤングケアラーだった。中学の頃から病弱な母の面倒をひとりで見ていた。人に頼ることを罪悪のように思っていた――頑《かたく》なで健気《けなげ》なかつての真空を思い出し、啓子は思わずつぶやく。「彼女は終始、一人で頑張ろうとしていた。わたしはあの子を変えてあげられなかったわ」

棚橋は言う。「人を変えるのは難しいです」「人はみんな、自分が正しいと思っているものです」

建築士の神崎と話したときも棚橋は言っていた。誰もが自分が100パーセント正しいと思っている、そう認識することはすなわち、相手への敬意や理解を示すことなのだ、と。

――棚橋はいったい、どんな人生を送ってきたのだろう？　誰からも平凡という印象を持たれる彼の人生には、どんなことがあったのだろう？　「話を聞かれた」人物たちは、棚橋の言葉によってなにかしらのきっかけを得、世界の見方の角度を変えた。啓子が得たのは、夫への疑いは自分の思い込みに過ぎなかったという、大きな気付きだった。棚橋は意図せず夫婦を救った。そして棚橋も、真空が心をこめて残そうとしたものに救われた。彼女が園の子供に話した、あるストーリー。そこに「タナハシ」の名があった。

彼のミッションは達成される。けれどまだ、棚橋のことは断片的にしかわからない。それが思わぬ形で明かされる第7変奏を、読者は驚きとともに読むことになる。

楽しかった大学生活。やっとのことで入社できた会社でのパワハラ。自死を選んだ同期。離婚。退社。無職。心の慰めになったアニメ。新しい職場。自分を見出《みいだ》してくれた上司。そして、東日本大震災の日に真空と出会ったこと――。

棚橋の辿って来た道は、さながらここ数十年の日本社会の縮図のようだ。彼は自責の念を抱えて生きていた。傷つき、重荷を負うのはいつだって善良な人間だという事実が悲しい。一方で、彼が人の心を持つ清水部長に巡り合えた幸運を思う。

人間は、ひとつの出会いで変わることができる。棚橋は真空の遺志を探るちいさな旅をしながら、すべての相手を尊重するという方法で彼らに優しさを手渡していたのだ。清水部長から受け取り、棚橋自身が育てた優しさを。

世の中を生きるに値する場所にしているのは、彼のような名もなきたくさんの人の優しさだ。

「人は誰でも誰かのきらきら星になれる」

そう言い残した棚橋さん、あなたこそきらきら星だった。

本を閉じるとき、彼にそう声をかけたくなるのは、わたしひとりではないだろう。

（きたむら・ひろこ　書評家）

集英社文庫

みちびきの変奏曲《へんそうきょく》

2022年11月25日　第１刷　　定価はカバーに表示してあります。

著　者　内山《うちやま》　純《じゅん》
発行者　樋口尚也
発行所　株式会社　集英社
東京都千代田区一ツ橋2-5-10　〒101-8050
電話　【編集部】03-3230-6095
【読者係】03-3230-6080
【販売部】03-3230-6393(書店専用)
印　刷　大日本印刷株式会社
製　本　大日本印刷株式会社

フォーマットデザイン　アリヤマデザインストア　　マークデザイン　居山浩二

ISBN978-4-08-744459-9 C0193